Ludovico Muratori

Anna-Maria Orsini

© 2023 Culturea Editions

Texte et illustration de couverture : © domaine public
Edition : Culturea (Hérault, 34)
Contact : infos@culturea.fr
Retrouvez notre catalogue sur http://culturea.fr
Imprimé en Allemagne par Books on Demand
Design typographique : Derek Murphy
Layout : Reedsy (https://reedsy.com/)

Dépôt légal : janvier 2023
Tous droits réservés pour tous pays

ISBN : 9791041844210

AD

ADELAIDE RISTORI

MARCHESA DEL GRILLO

Dopo che i due mondi hanno tributato le lodi loro al merito vostro unico piuttosto che raro; dopo che su di mille cetre si è cantato de' vostri trionfi; dopo che tutto il giornalismo, in quante lingue sono parlate da popoli colti, ha tessuto la storia vostra, a grandissimo onore dell'arte rappresentativa italiana, che altro può rimanere a dire di voi?

Io vi ho ammirato dal principio della vostra vita artistica e nella commedia, e nel dramma, e nella tragedia; e prima pure che da oltre alpi lo segnalassero, mi sembraste sublime sempre.

Nella mia umile carriera d'autore, andrò altiero di aver composto un dramma per vostra richiesta, e di possedere da ciò un diritto di dedicarvelo, come fo, ora che la mia Anna-Maria Orsini stampata esce in luce.

Roma, li 30 novembre 1868.

L. MURATORI

PERSONAGGI

LA PRINCIPESSA ANNA-MARIA ORSINI

FILIPPO V RE DI SPAGNA

D. CARLO DEI MARCHESI DI LEGANEZ

D. RODRIGO MARCHESE DI LEGANEZ suo zio

L'ABATE GIULIO ALBERONI

IL PRINCIPE DEL-GIUDICE

IL CAVALIER PRIVADO

IL DUCA DI POPOLI generale

D. ANTONIO AMEZAGA tenente delle guardie

D. FRANCESCO ROQUILLO presid. di Castiglia

IL CONTE D'AGUILAR

3

LA DUCHESSA AMELIA D'AVRÈ

LA CONTESSA DI RIBERA giovinetta

LA MARCHESA sua zia

D. ALVAREZ direttore delle prigioni

UN PAGGIO della principessa

UN MAGGIORDOMO del re

DAME (personaggio che non parla)

GENTILUOMINI (personaggio che non parla)

UFFIZIALI (personaggio che parla)

PAGGI del re e della principessa

UNA GUARDIA

L'azione ha luogo a Madrid nel novembre e dicembre del 1714

Rappresentata al Teatro Valle di Roma la sera del 27 gennaio 1866 dalla Compagnia di Adelaide Ristori, e replicata per sei sere.

ATTO PRIMO

Una galleria nel Castello di Medina-Coeli, una delle abitazioni reali a Madrid: la scena è illuminata da molta cera. Una fuga di stanze si vedono di prospetto e tutte ugualmente illuminate. A destra la porta che conduce nell'interno del palazzo, a sinistra la comune. Un concerto si ode all'alzarsi della tenda, e cessa quando incominciano a parlare gli attori.

SCENA PRIMA

A destra degli attori siedono sopra di un sofà la Contessa e la Marchesa. Verso le quinte dalla stessa parte, D. Roquillo siede grave e pensieroso. A sinistra sur un piccolo tavoliere giuocano ai dadi il Cav. Privado ed il Ten. Amezaga. In fondo un tavoliere grande da giuoco intorno al quale Uffiziali e Gentiluomini giuocano alle carte. La Duchessa d'Avrè viene dal fondo osservando.

Contessa Duchessa D'Avrè, favorite di seder qui fra noi; col vostro grazioso spirito francese rallegrate la nostra gravità castigliana.

Marchesa Vi prego, Contessa di Ribera, di un poco più di rispetto pel carattere della nostra nazione.

Duchessa L'amabile Contessa celia col buon'umore proprio della sua età. Venendo in questa corte moglie del capitano d'Avrè sono divenuta una vera spagnola.

Marchesa È ammirabile, signora, poichè oggidì ogni spagnolo si dà l'aria di francese.

Contessa O francese, o spagnola, siete la più buona delle dAmezaga Siedete fra noi.

Duchessa E voi la più cara delle fanciulle.

Privado Diavolo! Mi avete vinto dieci scudi.

Amezaga È meglio che vinca io povero tenente delle guardie, che non ho altro che il mio soldo.

Privado Ed io non ho altro che la mia spada ed il mio titolo.

Amezaga Eh via! Si vuole che voi abbiate delle altre sorgenti.

Privado Io ho delle sorgenti? Spiegatevi.

Amezaga (ridendo) Ah, ah, ah!...

Privado Di che ridete?

Amezaga Guardate D. Francesco Roquillo, il presidente di Castiglia, sembra che dorma.

Privado (alzandosi) Vado ad invitarlo per una partita al *tric trac*.

Amezaga Lasciatelo in pace, egli medita certo qualche nuova tassa pel suo buon popolo di Madrid.

Privado Quando è così, vado a rompergli le meditazioni: salviamo il popolo.

Amezaga Silenzio! Vedete chi viene?

Privado Il Principe Del-Giudice!

SCENA SECONDA.

Principe Del-Giudice, D. Carlo, e detti.

Tutti si alzano e salutano rispettosamente, e tornano a sedere dopo l'invito fatto da DelGiudice con alterigia.

Roquillo (*all'apparire di Del-Giudice corre a lui rispettosamente, e gli fa una profondissima riverenza*)

Del Giudice D. Francesco, vedete a che cosa riducono la residenza del Re cattolico? ad un postribolo, ove si offende il cielo col suono, col giuoco e cogli amorazzi.

Roquillo Questa festa è straordinarissima: il Re ha voluto darla alla nobiltà di Castiglia per solennizzare la presa di Barcellona, e perciò la fine della guerra.

Del Giudice E così forse si rendono grazie al cielo della vittoria riportata?... Perchè invece non si perseguitano con più fervore gli ebrei? perchè non s'imbandiscono degli atti di fede? Ma il Re è da gran tempo in preda di un cattivo spirito.

Roquillo Vostra Eccellenza parla della Principessa Orsini?

Del Giudice Se costei non esce dalla Spagna, le folgori del cielo cadranno presto su questa felice terra. Il re udrà la mia voce: vado a lui. (*entra a destra*)

Privado (*ad Amezaga*) Il passaggio di Del-Giudice in una festa, è come una colonna d'aria che venga dall'Asia piena di mortifero morbo, ed attraversi ameni villaggi e tranquille contrade. Volete darmi la rivincita a picchetto?

Amezaga Volentieri.

Privado Amezaga (*riprendono il giuoco*)

Carlo (*ha girato a piacere per la scena: ha guardato il giuoco, ha guardato le dame, ma sempre con aria cupa e distratta*)

Contessa (*indicando Carlo*) Marchesa zia, mi sapreste dire chi è quel bel cavaliere che ne ha guardate?

Marchesa Non vi ho fatto caso.

Contessa E pure, zia, mi sembrava che lo guardaste.

Marchesa Ritirate, vi prego, la vostra supposizione.

Contessa L'ho veduto questa mattina: è passato a cavallo sotto la mia finestra, e mi ha guardata.

Forse mi ha riconosciuta. Vedete? ci guarda ancora. È molto bello

Marchesa Abbassate gli occhi come fo io.

Duchessa Vedete chi giunge? Il furibondo Marchese D. Rodrigo di Leganez.

Duchessa Contessa Marchesa (*parlano tra loro in modo di non udire il dialogo che segue*)

SCENA TERZA.

Il Marchese Leganez, il Duca di Popoli,
il Conte d'Aguilar e detti.

Leganez Udite Duca? Qua si parla francese... (*accennando ai Gentiluomini che giuocano nel fondo*) di là si parlava italiano. Ecco, vincitore di Barcellona, la festa che vi dà il Re di Spagna.

Aguilar Il Re non può scordar di esser francese: amministra alla francese, non veste che alla francese, non mangia che alla francese...

Popoli Per fortuna vi sono i ministri che mangiano di tutto.

Leganez È forse egli che regna? Egli ha il cuore troppo debole, la volontà troppo floscia; e la melanconia che l'invase dopo la morte di Maria Luisa sua sposa, lo rende dimentico del regno.

Popoli Io credo che essa regina lo dominasse.

Agui. Ma la stessa regina era dominata da una donna che adesso domina direttamente Filippo.

Popoli La Principessa Orsini?

Leganez Sì, il cattivo genio della Spagna; la femmina che perseguita e conculca tutta la nobiltà del paese, ed empie la corte di questi superbi francesi, e di questi torvi italiani.

Privado Perduta anche questa!

Aguilar Oh! Noi abbiamo vicino una lancia spezzata della principessa.

Leganez Già, il Cav. Privado, il più caldo ammiratore dei pregi di Anna-Maria Orsini.

Privado Io? Lo fui! Infatti bisogna avere il cuore o i capelli di neve per non avvampare alla vista di quella donna.

Popoli E che avrà mai costei di straordinario?

Leganez (*a D. Carlo*) Nipote, avanzatevi, non vi sono segreti per voi.

Duchessa (*alla Contessa*) Egli è dunque D. Carlo di Leganez?

Contessa Quegli che era all'armata?

Duchessa La Principessa credo lo conosca molto.

Contessa Davvero?

Leganez Fate dunque il ritratto della Principessa al Duca di Popoli che desidera conoscerla.

Privado In due parole è fatto. Ella ha due occhi celesti che dicono tutto quello che vogliono: una taglia perfetta, un collo ed un viso pieno d'incanto, l'aria nobile, qualche cosa di maestoso in tutto, delle grazie così naturali e così continue fin nelle più minute cose: lusinghera, carezzevole, insinuante, accorta, volendo piacere per piacere, e spandendo un incanto intorno a sè dal quale niun uomo o donna può difendersi quando ella vuol guadagnare o sedurre.

Aguilar E voi foste sedotto?

Privado Io e voi Conte d'Aguillar, e mille altri con noi.

Popoli E ciò a che vi portò?

Privado A nulla.

Popoli A voi, ed a lei?

Privado A formarsi dei nemici.

Leganez Siete voi adunque al presente suo nemico?

Privado Apertamente, no; ma attendo il momento per dichiararmi.

Leganez E vendicarvi forse?

Privado Spero!

Popoli Ella dunque tutta dedita allo stato ha dimenticato di esser donna?

Privado Chi dice di sì, chi dice di no... Amore si avvolge nelle tenebre, ed io non ho occhi di gatto per vedervi.

Popoli Egli sa qualche cosa.

Aguilar Sa qualche cosa.

Privado Signori, vi prego... Questo è un volermi mandare in una torre.

Leganez (*con ironia*) Lodiamo il vostro silenzio.

Carlo (Hai parlato anche troppo, cialtrone!)

Leganez (*piano a Privado*) Questa sera dopo la festa, venite al mio palazzo: silenzio!

Leganez Popoli Aguilar (*si allontanano*)

Amezaga Voi mi dovete altri dieci scudi.

Privado (*pagando*) È vero. Se tocco più carte o dadi, voglio mi si dia la corda come ad un plebeo.

Amezaga Eh via! A me non la date a bere. (*all'orecchio*) Voi siete l'anima dannata della Principessa Orsini, (*forte*) e degli scudi ne avete quanti ne volete.

Priv. Io dannato?... Voi volete farmi bruciar vivo. (*si volge ed urta Carlo che gli è presso*)

Amezaga (*va vicino alle dame e ciarla con loro*)

Carlo (*con arroganza*) Cavaliere!

Privado Oh!

Carlo Voi mi avete pesto un piede.

Privado Giurerei che non vi ho urtato che il braccio, e leggermente.

Carlo Voi mi avete pesto un piede vi dico.

Privado Scusate, allora, non vi aveva veduto.

Carlo Potreste adoperar meno la lingua e più gli occhi.

Privado Mi sembra che abbiate desiderio di attaccar brighe?

Carlo La vostra spada è lunga quanto la mia: vorrei sapere se voi l'adoperate colla stessa franchezza colla quale adoperate la lingua.

Privado Signore; voi l'avete presa colla mia lingua.

Carlo Come voi co' miei piedi: son due cose che spesso si trovano nel fango.

Privado Cospetto!

Carlo Vorreste fare con me un giro all'aperto? Fa un bel chiaro di luna.

Privado Piove, anzi.

Carlo Se siete cavaliere seguitemi.

Privado Ci è d'andare in bestia! Badate giovinotto, che se avete voglia d' acquistar rinomanza, avete scelto un osso alquanto duro a spolparsi.

Carlo Chi viene con voi?

Privado Per me bastano le stelle. E per voi?

Carlo E per me l'aria.

Privado (Battermi?... E perchè?)

Carlo Dove volete che passiamo?

Privado Per l'inferno.

Carlo Ci troveremo nella corte. (*escono da parti opposte*)

SCENA QUARTA.

Alberoni e detti.

Alberoni (*s'inchina a tutti coloro cui passa vicino; con taluni si ferma e fa delle cerimonie*)

Contessa Chi è colui che s'inchina tanto?

Duchessa L'abate Giulio Alberoni, figlio di un giardiniere ed ora residente della corte di Parma. Egli s'inchina davanti a tutti dal Re all'ultimo dei lacchè, e pure si burla di tutti. Lisciando a furia d'inchini cerca riparare alle ferite che fa colla sua lingua di vipera che difficilmente sa frenare.

SCENA QUINTA

Principe Del-Giudice e detti.

Roquillo (*a Del-Giudice*) Vostra Eccellenza ha parlato col re?

Del Giudice (*torvo*) No.

Alberoni Eccellenza...

Del Giudice (*con gioia*) Già di ritorno a Madrid?

Alberoni Da poche ore.

Del Giudice L'avete veduta?

Alberoni È tutto combinato.

Del Giudice Alberoni Roquillo (*formano un gruppo nel mezzo e parlano fra loro*)

Duchessa Contessa Marchesa Amezaga (*formano un gruppo a dritta e c. s.*)

Leganez Popoli Aguilar (*formano un gruppo a sinistra e c. s.*)

Leganez Il nostro progetto è d'impadronirsi Filippo per strapparlo dall'influenza della Orsini.

Aguilar Il Conte di Melgar ex Ammiraglio di Castiglia è del nostro avviso: attende a Lisbona una memoria che dimostri la necessità di questo passo.

Leganez La memoria è stesa, ed io l'ho firmata.

Aguilar Ed anch'io.

Leganez La firmerete voi?

Popoli Quel che mi dite è molto grave, la lealtà di soldato ripugna... Datemi 24 ore di tempo per meditarvi sopra.

Leganez È convenuto.

Alberoni Eccellenza, le dico che Elisabetta Farnese è la donna nata per noi, l'ho scelta, come suol dirsi, proprio nel mazzo: è altiera, impetuosa e gelosa; nell'abboccamento da solo a sola che mi ha concesso le ho con bell'arte accesa in petto tant'ira contro della Orsini, che ella vorrebbe essere regina di Spagna se non per altro per umiliare questa donna. È giovane ed avvenente: il suo ritratto in miniatura è già nelle mani del re, e Filippo V quando ha una donna ed un ginocchiatore, ha tuttociò che gli occorre.

Del Giudice Allora possiamo aprire la guerra apertamente contro la Principessa?

Alberoni Se ella mi stuzzica, io glie la dichiaro sin da questa sera.

Rog. Ecco sua altezza la Principessa Orsini.

Duchessa Contessa Marchesa Aguilar Gen. Sua altezza!

SCENA SESTA.

La Principessa Anna-Maria preceduta da un Paggio e contornata da un gruppo di Dame, Uffiziali e Gentiluomini.

Anna. Cavalieri, fate che queste dame trovino piacevole la serata: il re vi ha invitato perchè vi divertiate, e non potreste esprimer meglio la vostra gratitudine, che con abbandonarvi alla gioia.

Le Dame, gli Ufficiali, ed i Gentiluomini entrati con Anna partono. All'avanzarsi della Principessa, tutti quelli che sono in iscena si alzano e salutano con rispetto, e tornano a sedere alle prime parole di Roquillo. Del-Giudice, Leganez, ed Aguilar non salutano Anna)

Duchessa (è andata incontro alla Principessa) Principessa...

Marchesa Contessa (anche esse vanno incontro)

Anna. Amica mia.

Duchessa Avete tardato.

Anna. Il re mi trattenne nel suo gabinetto insieme ad Orry ed a Macanaz. Marchesa, voi siete sempre magnifica, i vostri brillanti renderebbero gelosa una regina. Contessa, come siete bella! e quanto invidio i vostri sedici anni.

Contessa Altezza, io vi ringrazio dei doni...

Anna. Sono minutezze femminili che m'inviano le mie buone amiche di Parigi: figureranno meglio sulla vostra persona, che sulla mia. (*avanzandosi*) Ma in questa sala vi è riunito quanto di più accigliato ha prodotto la vecchia e la nuova Castiglia. (*è fra i due gruppi d'uomini che guarda alternativamente con sagacia*) Non sembra una riunione di piacere, ma una conventicola di cospiratori.

Alberoni (*Ella ha già subodorato.*)

Anna. Il re ha invitato perchè vi divertiate.

Roquillo (*verso il fondo con premura*) Cavalieri, il re ordina che vi divertiate. (*parte dal fondo*)

Duchessa (*torna al suo posto colla Contessa e colla Marchesa*)

Anna. Generale, voi dovete esser lieto più d'ogni altro: la festa si dà per cagion vostra. Non siete voi l'eroe di Barcellona?

Popoli Io non feci che il mio dovere da vecchio soldato; tutte le istruzioni mi venivano da Madrid, ed erano così esatte ed ingegnose che io non ebbi che il merito di farle eseguire.

Anna. Siete-molto modesto, poichè le istruzioni che voi dite non potevano essere tanto pregievoli: esse venivano dettate da un labbro inesperto, da un labbro di donna...

Popoli Come?... voi?...

Anna. Il nostro re di ciò convinto vuole... Ma ad esso si appartiene il piacere di comunicarvi quale e quanta sia la sua gratitudine. Anche un giovine gentiluomo si distinse molto al vostro fianco; (*fingendo*) non ricordo il nome.

Popoli D. Carlo di Leganez.

Anna. È vero.

Leganez Mio nipote!

Anna. Ah, siete qui signor Marchese? Ebbene, il re disse: meraviglio che un Leganez siasi distinto...

Leganez I Leganez su cento campi di battaglia hanno impregnato il terreno del sangue loro.

Anna. Siasi distinto in questa battaglia, Marchese voi non mi lasciate finire, poichè questa illustre famiglia credo si prepari ad altra guerra... (*vibrando un'occhiata a Leganez*) quella che io porterò nelle Fiandre.

Aguilar (*piano a Leganez*) Ch'ella abbia scoperto?...

Anna. Conte d'Aguilar, il re vi fa sapere che accetta la dimissione delle vostre tre cariche.

Alberoni (*Questa non se l'aspettava.*)

Anna. Voi lo chiedete per potervi ritirare nella quiete a pregare per Sua Maestà: egli non vuole impedirvi ciò che può cotanto contribuire alla sua salute.

Aguilar Son grato al re.

Alberoni (Lo dice a denti stretti.)

Leganez Aguilar (*partono*)

SCENA SETTIMA

Un Paggio del re e detti.

Paggio (*entra dalla destra e parla al Duca di Popoli*)

Popoli (*entra a destra*)

Paggio (*dopo avergli sollevato la portiera lo segue*)

Del Giudice (*parandosele innanzi*) Signora...

Anna. Oh! Parola di principessa, non mi era accorta di V. E.

Del Giudice Di che cosa sono colpevole verso di voi che questa mattina il re non mi ha ricevuto?

Anna. Tengo io forse la chiave del gabinetto di Sua Maestà?

Del Giudice Se non tenete quella del suo gabinetto...

Anna. Principe, non temete, il re vi farà chiamare per affidarvi i dispacci che presenterete a Luigi XIV.

Del Giudice Io in Francia?

Anna. (*fingendo*) E non siete voi che lo avete richiesto?

Del Giudice Io no; ma forse chi teme la mia presenza a Madrid.

Anna. Se non ci rivedremo, salutate per me, vi prego, la mia cara patria e madama di Maintenon.

Del Giudice Ci rivedremo Principessa. (*parte*)

Alberoni (Come gli schiaccia tutti ad uno ad uno i suoi nemici; ma il povero abatuccolo schiaccerà lei.)

SCENA OTTAVA.

La Principessa Anna-Maria, la Duchessa D'Avrè, la Contessa, la Marchesa, Alberoni.

Anna. (*volgendosi s'incontra con Alberoni*)

Alberoni (le fa un profondo inchino dopo avergliene già fatto uno al quale non fece caso la Principessa)

Anna. Io credo d'avere un lungo debito d'inchini col residente di Parma. (*gli fa un inchino*)

Alberoni (inchinandosi) Un inchino dell'Altezza Vostra, paga tutti quelli che ho fatti in vita mia.

Ann. Che non sono pochi. Per essere voi nemico...

Alberoni Io nemico?... Di chi?... di Vostra Altezza?...

Anna. Sì, ma siete un nemico gentile; si conosce proprio che siete cresciuto in mezzo ai fiori, in un giardino.

Duchessa Contessa Marchesa (partono)

Alberoni (forzandosi a ridere) Ah, ah, ah! (Maledetta!) Vostra Altezza si diverte. (Lingua mia frenati!)

Anna. Chi ve lo avesse detto, eh Alberoni? quando voi eravate musicante, che un giorno avreste posto piede in queste sale?

Alberoni Faccio osservare all'Altezza Vostra, che non mi sono mai applicato alla musica.

Anna. Come? Non eravate suonatore... di campane credo, alla cattedrale di Piacenza?

Alberoni Altezza, vi sono due mezzi per innalzarsi: per l'uomo vi è l'ingegno, per la donna la bellezza.

Anna. E frutto del vostro ingegno sarà un matrimonio che voi cercate di combinare per Filippo V? Sceglier voi la sposa ad un monarca... il pensiero è veramente da uomo ingegnoso.

Alberoni No, è pensiero, se io pure l'ho avuto mai, da uomo politico e da buon cattolico. Un re giovine, cui scorre nelle vene il sangue di Enrico IV e di Luigi XIV... Vede bene, Altezza, egli potrebbe cadere in amori indegni di lui, potrebbe essere ammaliato da qualche donna scaltra che con danno del regno, e con scandalo lo spingesse alla ruina. Ciò non vorrei che vedessero i miei occhi a prezzo della mia vita.

Anna. Per risparmiar la vostra vita vi è un altro mezzo: farvi tornare a respirare la balsamica aria nativa nel bel villaggio di Firenzuola sotto la capannella paterna.

Alberoni Lasciando Madrid preferirei andarmene a Roma; e se l'Altezza Vostra, per caso, dovesse tornarvi, io la seguirei tanto volentieri anche come maestro di casa, come lacchè.

Anna. Messere, le vostre trattative debbono essere a buon porto, se vi levate così apertamente la maschera dell'umiltà e volete dichiararmi la guerra.

Alberoni Forse, non volendo, offesi l'Altezza Vostra?

Anna. E non sapete che a me basta un giorno per perdervi?

Alberoni Basta pure una notte... un'ora. (Mi è scappata!)

Anna. Ser Giulio Alberoni, quando a me foste raccomandato mi si disse che eravate un uomo di spirito: fu uno sbaglio, dovevano dire che eravate un insolente. Non ho altro a dirvi.

Alberoni (s'inchina e partendo dice) (Credevi di pestare un verme; ma hai provato il veleno della biscia. *(parte)*

SCENA NONA.

La Principessa Anna-Maria Orsini, la Duchessa d'Avrè, la Contessa, la Marchesa.

Duchessa Principessa, voi in un momento mettete in fuga tutti i vostri nemici.

Anna. Essi fuggono; ma fuggendo scagliano le freccie loro avvelenate: la mia vita è una continua guerra.

Marchesa Ma voi, Altezza, figlia del Marchese della Tremoille che tanto figurò in Francia nelle turbolenze della Fronda, siete nata in mezzo alla guerra.

Anna. È vero, fui in mezzo alla guerra finchè maritata in Roma a D. Flavio Orsini Duca di Bracciano, cangiò al tutto la mia vita. Era il mio palazzo il luogo di ritrovo dei più eminenti personaggi, dei più abili politici. Fu così che in me si accese il desiderio ambizioso di influire sui destini di Europa, e quando rimasta vedova mi fu proposto di venire a Madrid prima dama d'onore della nostra bene amata regina, io con gioia posi i piedi in questa reggia che mi schiudea l'arringo alla carriera politica. Ma quante disillusioni! Ormai sono stanca di questa vita agitata. Talvolta dimando a me stessa: non era miglior consiglio vivere ignorata e tranquilla nelle pareti domestiche seguendo il destino del mio sesso?

Contessa Voi Principessa, non siete una donna, ma un uomo di stato.

Duchessa Il Richelieu della Spagna.

Marchesa Mia nipote intende dire che l'Altezza Vostra non sente la debolezza del nostro sesso.

Anna. Cara fanciulla! voglia il cielo che mai non abbiate a conoscere quante lacrime costino le vittorie sul proprio cuore.

Marchesa L'Altezza Vostra conosce D. Carlo di Leganez?

Anna. (sorpresa) D. Carlo?... sì.

Contessa Non è egli un bravo e nobile giovine?

Anna. Infatti... è tale.

Contessa Io lo avea indovinato al solo vederlo.

Anna. Davvero? E perchè quest'interesse per D. Carlo?

Contessa (vuol rispondere, quindi confusa abbassa gli occhi)

Anna. (che l'ha osservata con sguardo geloso, cercando sorridere, dice) Ah... ho capito! (Sarebbe possibile?)

SCENA DECIMA

D. Roquillo, un Paggio e dette.

Roquillo Viene il re. *(parte dal fondo a piacere)*

Anna. Duchessa Contessa Marchesa Il re!

Paggio (solleva la portiera)

SCENA DECIMAPRIMA

Filippo V, col Duca di Popoli
seguìto da Gentiluomini, Uffiziali, e Paggi.

Filippo Sì, generale, la Spagna tutta vi ringrazia per la mia bocca. Principessa, vedete, ho ceduto alle vostre premure e son venuto a godere la festa da voi preparata, e mi trovo contento della mia risoluzione. Conviene che io vinca la mia melanconia, e che dia l'esempio ai miei soggetti di tornare ad aprire il cuore alla gioia: lo strepito delle armi ha per troppo tempo funestato questo paese, ed un trattato spero che ne assicurerà una durevole pace. Iddio mi ha affidato il tesoro della felicità di un popolo, ed io non posso esser prodigo del miglior bene loro, della vita.

Anna. Oh come suonano bene queste parole sul labbro di un re così potente.

Filippo La vostra approvazione mi è sempre graditissima. Duca di Popoli, voi siete abbastanza ricco, e perciò vi doniamo a preferenza d'oro il titolo di Principe di Barcellona per voi ed i vostri discendenti, e l'ordine del Toson d'oro. Il consiglio mosse dalla Principessa.

Paggio (presenta al re un piatto d'argento sul quale vi è l'ordine del Toson d'oro)

Popoli (ponendo un ginocchio a terra) Vostra Maestà può contare sulla mia devozione.

Anna. (ha posto nelle mani di Filippo l'ordine)

Filippo (lo pone al collo del Duca)

Popoli (si alza)

Filippo E dove si trova D. Carlo di Leganez?

Popoli Egli è qui, l'ho condotto con me. *(cercando con lo sguardo chiama)* Don Carlo...

SCENA DECIMASECONDA

D. Carlo e detti.

Carlo Eccomi.

Anna. (*interroga con lo sguardo la Contessa e la Duchessa per sapere se era di quest'ultimo giunto che parlavano*)

Contessa Duchessa (*fanno intendere che è lui*)

Filippo Principessa, voi mi parlaste di questo gentiluomo.

Anna. (*con esitazione*) Sì, Maestà.

Popoli Egli ha dato grandi prove di valore sotto i miei occhi.

Filippo Perchè egli segua a servirne lealmente e valorosamente, lo nominiamo capitano delle nostre guardie.

Paggio (*porta un altro bacino d'argento su cui vi è una pergamena*)

Anna. (*porge la pergamena a Filippo*)

Carlo (*ponendo un ginocchio a terra*) Sire, io amo più l'arte della guerra che l'arte della corte.

Filippo (*dandogli il suo brevetto*) Mio gentiluomo, non farò già la guerra per farvi piacere.

Carlo (*si alza*)

Popoli Assicuro io la Maestà Vostra della gratitudine del Capitano di Leganez.

SCENA DECIMATERZA

D. Roguillo, ed il Cav. Privado da parti opposte e detti.

Roquillo Sire, tutte le dame e tutti i gentiluomini desiderano l'alto onore di mirare la Maestà Vostra; ma non ardiscono di venirle incontro in questa sala.

Filippo Signori, dispenso tutti dall'etichetta; il re è partito e non resta che Filippo. Andate pure a piacer vostro, ed or ora passerò nelle altre sale. (*saluta coloro che partono*)

Anna. Che cosa vi è accaduto? Siete così pallido.

Privado Sono ferito leggermente.

Anna. Vi siete battuto?

Privado Con D. Carlo di Leganez.

Anna. E perchè?

Privado Non lo so; ma quell'uomo vi odia molto o vi ama molto.

Anna. Non mancate domani.

Privado Verrò. (*parte*)

SCENA DECIMAQUARTA

Filippo V ed Anna-Maria.

Filippo Principessa, ho notato in voi una melanconia... un turbamento... Sarebbe giunto a voi qualcuno di quei schifosi libelli coi quali i maligni ne perseguitano fin dalla morte della mia Maria-Luisa?

Anna. Io li sopporto rassegnata. Si dice che la nostra intimità scandalizza il popolo e la corte; che il mio posto di governante dei principi reali è una scusa per poterne vedere a tutte le ore; di più tutta Madrid guarda facendo segni di croce il nuovo corridore che congiunge la residenza del re a quella de' suoi figli, il qual corridore, essi dicono, non serve ad altro che al passaggio della favorita. Se io avessi ceduto a simili armi, quante volte avrei dovuto abbandonare gl'interessi della corona; ma io a voi, sire, ho fatto un illimitato dono della mia esistenza.

Filippo È vero. Povera Maria, quanto voi avete fatto per me e per la mia famiglia: conviene pure che lo confessi; voi siete la forte, ed io il debole che piega talvolta al soffio della maldicenza.

Anna. Sire, come pur voi dicevate, una lunga pace si prepara alla Spagna; i miei servigi non vi sono più utili, tornerò in Roma, e voi rimarrete più tranquillo: io passerei senza lagnarmi dalla reggia all'aratro.

Filippo Filippo V non vi lascerebbe partire senza un compenso da re: vivente la regina stendemmo un atto di donazione per voi della Contea di Limbourg a titolo di sovranità; la Francia e la Baviera acconsentirono, e voi già ne portate in Ispagna il titolo di altezza. È una corona e non l'aratro che vi offre la gratitudine del re di Spagna.

Anna. Una corona a me? Con chi dividerei il mio regno? chi potrei far felice del mio potere? Io non ho nè sposo, nè figli, e da lungo tempo sono usata di non avere altra famiglia che la vostra, o sire: lontano dalla Spagna non vi è cosa che mi alletti.

Filippo Maria, io non posso aver segreti per voi: si vorrebbe che io prendessi moglie.

Anna. Lo so.

Filippo Mi si propone Elisabetta Farnese figlia del Duca di Parma; or ora me ne fu dato il ritratto. (*apre l'astuccio ove si suppone vi sia il ritratto in miniatura*) A voi.

Anna. È molto giovine... è bella.

Filippo (*facendo vedere una qualche simpatia*) Non somiglia ella a Maria Luisa?

Anna. Vi sembra? Questa dunque sarà la nuova regina che darete alla Spagna?

Filippo Voi piangete Maria? Sono le prime lacrime che io vedo sui vostri occhi.

Anna. Penso alla mia buona regina, a colei che tanto mi fu cara.

Filippo Io so quel che pensate: niuna donna avrebbe più diritto a divider con me la mia corona, che colei che seppe conservarmela; ed una promessa...

Anna. Sfuggita in un momento di fervore, e che a nulla vi obbliga.

Filippo Maria, voi sapete che io vi amo...

Anna. Come la più affezionata delle vostre serve.

Filippo Ma voi siete bella, e l'incanto dei vostri occhi...

Anna. Ho trentasette anni, o sire. Ecco la donna che vi conviene.

Filippo (respingendo il ritratto che Anna gli presenta) Maria, quel che Filippo promise saprà mantenere: o io serberò la mia vedovanza, o voi non serberete la vostra. *(accomiatandosi)*

SCENA DECIMAQUINTA.

Alberoni e detti.

Filippo (vedendolo) Messer Alberoni.

Alberoni (corre a lui tutto lieto)

Filippo L'affare da voi proposto non è fattibile *(si volge verso Anna e le fa un grazioso saluto)*

Alberoni (Son morto!) *(curvandosi quanto può passa davanti alla Principessa e parte)*

SCENA DECIMASESTA

La Principessa Anna-Maria Orsini sola.

La corona di Spagna sulla mia fronte? O ambizione frenati, e sottomettiti alla ragione! Filippo è grato a quanto io feci per lui, pel suo trono, per la sua famiglia; ma il suo amore per me non fu che un capriccio; egli ne sente il rimorso, la vergogna, e ciò gli rende più pesante la catena che non ha il coraggio d'infrangere. Oh ambizione, ambizione dove mi hai sospinta! Essere amata da un re!... Ma i re non amano, il cuore di una donna per essi è il trastullo dei fanciulli: lo desiderano, lo pretendono come cosa loro, e poi lo stracciano e lo gittano: un re non ama che la sua corona. Ed io amo Filippo? L'amo come l'oggetto al quale ho rivolto ogni cura, ogni pensiero; l'amo come l'istrumento del quale mi son valsa per dar vita alle mie idee, come la creazione delle mie mani. Ma un vero amore, un amore che fa ardere il sangue nelle vene come viva fiamma, che ti scompiglia la ragione; un amore pel quale o si muore o si prova sulla terra la beatitudine dell'eliso, no quest'amore non l'ho provato per Filippo; ma lo conosco quest'amore, io l'ho inteso sorgere vigoroso nel mio petto, e ve l'ho soffocato. Soffocato sì, ma non spento, poichè lo sento qui (*accenna il cuore*), lo sento ancora!

SCENA DECIMASETTIMA

D. Carlo e detta.

Carlo Principessa.

Anna. D. Carlo!

Carlo È ai vostri buoni uffizi che io debbo il mio brevetto di capitano delle guardie?

Anna. Io consigliai il re di rimunerare il vostro valore; ma non gli feci motto di tal posto. Io non vi sapeva ancora a Madrid.

Carlo Infatti notai il vostro rammarico nel vedermi.

Anna. Rammarico? Perchè?

Carlo E credete voi che io possa vivere alla corte?

Anna. Poichè qui si trova la persona che voi predileggete... la Contessa di Ribera.

Carlo Io non conosco questa donna.

Anna. (*con slancio*) No? Non la conoscete?

Carlo No.

Anna. Se non volete fuggire una persona che amate; sarà allora per fuggirne qualcuna che odiate.

Carlo Io odio... sì, odio coloro che non adorano altra deità che l'ambizione e non ascoltano mai la voce del cuore. Di questa gente si popolano le corti, ed io stanco di disinganni voglio ritirarmi nelle mie case di Burgos.

Anna. (*con qualche emozione*) Ah, voi dunque odiate... odiate coloro?... E perchè non dir francamente che sono io la persona che voi odiate? Vi è poca generosità, Marchese... odiare una donna! Ma io serbo memoria della nostra intimità di Roma... È il vostro congedo che chiedete? Saprò rendervi il servigio di non più vedermi. (Disse bene Privado, egli mi odia.)

Carlo (*avvicinandosi per baciarle la mano*) Altezza...

Anna. (*ritirando subito la mano*) Grazie, Marchese... Il cielo vi conceda fortuna e quiete, e perdoni all'odio vostro che io non credo di meritare.

SCENA DECIMAOTTAVA

La Duchessa d'Avrè e detti.

Duchessa (in fretta) Il re chiede di voi, Principessa.

Anna. (scossa alla prima parola fa un'esclamazione di sorpresa e le cade il fazzoletto) (Ah!... Avea scordata la mia catena!) Vengo. *(s'incammina)*

Carlo (credendosi non visto, raccoglie il fazzoletto caduto da Anna, lo bacia con trasporto d'amore e se lo pone al cuore)

Anna. (volgendosi per dare un ultimo sguardo a Carlo, vede l'azione di lui, ed a stento raffrenando un grido di gioia dice) (Mi ama ancora!)

Carlo (si avvia verso la sinistra ed esce di scena)

Anna. (passando un braccio sulla spalla della Duchessa parte dal fondo con questa, sempre seguendo a guardare donde D. Carlo è partito)

FINE DELL'ATTO PRIMO.

ATTO SECONDO

Ricco gabinetto della Principessa. Nel fondo la comune: a destra la porta che conduce nell'interno. Un grande specchio, una scrivania, libri, carte ec.

SCENA PRIMA.

La Principessa Anna-Maria seduta in un seggiolone, ed il Cav. Privado in piedi.

Privado Prego l'Altezza Vostra di por mente alla gravezza della rivelazione che le fo.

Anna. Una nuova macchinazione per perdermi, ed il Conte d'Aguilar alla testa!

Privado Col Duca di Medina Coeli, l'Ammiraglio di Castiglia...

Anna. Tanti prodi contro una donna: è troppo onore per me.

Privado Io sulla mezza notte riceverò qui nel palazzo la memoria firmata da costoro.

Anna. Per farne che?

Privado Per portarla all'Ammiraglio di Castiglia che l'attende a Lisbona.

Anna. E incaricano voi di tal missione?

Privado Si conosce la destrezza dei vostri agenti; si sa che ogni dispaccio è visitato e talvolta anche postillato dall'Altezza Vostra, perfino quei diretti al re di Francia.

Anna. Avanti, avanti...

Privado Non vi era altro mezzo per far passare intatto il dispaccio che affidarlo ad un vostro ben cognito servitore. D'altra parte essi credono che io ignori precisamente di che cosa si tratti.

Anna. E cotesti allocchi vestiti di penne d'aquila hanno creduto di guadagnarvi a loro?

Privado Non per darmi vanto; ma in lode del vero convien dire che io ho sì bene simulato il mio risentimento contro l'Altezza Vostra, che vi ho persino buscato un colpo di spada.

Anna. Siete sicuro che D. Carlo Leganez si battesse con voi perchè vi mostraste a me contrario?

Privado Me lo ha detto or ora nello stringermi la mano in segno di obblio del passato.

Anna. Lo avete veduto questa mattina?

Privado Egli ha montato la sua prima guardia a palazzo. (Non l'ho veduta mai così distratta) Che ordini mi dà l'Altezza Vostra?

Anna. Se vedete D. Carlo... Ma no, non gli dite nulla.

Privado Io diceva circa il dispaccio....

Anna. Quando potrò averlo?

Privado Altezza, son cavaliere...

Anna. Sta bene: questa sera sarete arrestato nell'uscire da palazzo; sarete spedito sotto scorta al castello di Pamplona, e dopo tre giorni fuggirete, e vi recherete ad Amboise nella mia abitazione di Chanteloup. Avrete un compenso adeguato al servigio reso.

Privado Arrestato?... sotto scorta?...

Anna. Qnesta mattina si è presentato dal mio maggiordomo quel neofita cui dovete diecimila scudi.

Privado Ha avuto l'ardire?... Bisogna bruciarlo vivo, colui è un eretico.

Anna. No, bisogna pagarlo: vi penso io. (*lo congeda con un gesto*)

Privado Altezza...

Anna. Buon viaggio.

Privado (Arrestato... sotto scorta ..) L'Altezza Vostra non si scorderà che io starò gemente nel fondo di una torre? E se mi dessero la corda come ad un furfante?

Anna. Sarete trattato da galantuomo.

Privado (*s'inchina, e partendo dice con un sospiro*) (Speriamo!)

SCENA SECONDA

La Principessa Anna-Maria sola.

(*scrive*) «Questa sera arresterete il cav. Privado nel momento che uscirà dal palazzo del re, v'impadronirete di un plico che avrà indosso diretto al Conte di Melgar ex-Ammiraglio di Castiglia, e lo farete all'istante recapitare al re da mia parte.» (*piega e suggella la lettera*)

SCENA TERZA

Paggio e detta.

Paggio Donna Amelia Duchessa d'Avrè e D. Giulio Alberoni residente della corte di Parma, chieggono l'onore...

Anna. Alberoni? Entri Donna Amelia. Veraguez è venuto questa mattina?

Paggio Attende gli ordini di Vostra Altezza.

Anna. Consegnategli questa lettera.

Paggio (parte)

SCENA QUARTA.

La Principessa Anna-Maria e la Duchessa d'Avrè.

Anna. (*andando incontro alla Duchessa*) Amelia...

Duchessa Donna Maria...

Anna. Sì di buon'ora?

Duchessa Ho indovinato che il cuor vostro cerca un'amica, e son venuta.

Anna. Il tuo squisito sentire mai non t'inganna.

Duchessa Voi avete piena la mente della festa di ieri sera... e di lui.

Anna. Di lui?

Duchessa Perchè tacendo ricusate i conforti della più tenera amicizia?

Anna. Amelia... io... alla mia età... non ti sembra che io avrei da vergognarmi?

Duchessa Ma voi dunque dividete l'opinione della Contessina di Ribera, e non vi credete una donna?

Anna. Egli non l'ama, sai? non la conosce nemmeno la Ribera.

Duchessa Lo so.

Anna. Chi lo disse?

Duchessa Il seguirvi che ei faceva, i suoi sguardi di fuoco, la passione violenta che tutto lo domina: egli vi ama da divenirne folle.

Anna. Quanta costanza!

Duchessa Ditemi: era lui quegli di cui tante volte mi parlaste?

Anna. Sì. Egli venne in Roma nel mio palazzo di Bracciano: era giovinetto, ed io da poco sposa: talvolta si ragionava, si leggeva insieme... Ma ben presto m'avvidi come la mia vista, le mie parole a lui dirette lo turbavano... Qualche sospetto mi sorse nella mente, ed un giorno mentre io passeggiava nel giardino scorsi Carlo che mirava una miniatura, e se la recava alle labbra con effusione d'amore... Era quello il ritratto di un suo parente?... Di una donna amata?... Il mio forse?... Mille pensieri mi si affollavano alla mente... Temeva e desiderava ad un tempo... ma non seppi trattenermi: andai a lui, e guardai... era io! era il mio ritratto che egli baciava con tanto amore. Egli scoperto nel suo segreto, mi prese una mano, e cadde piangendo a' miei piedi. Sciolsi la mia mano da lui, e rapidamente corsi nelle mie stanze ove piansi, piansi per prima volta sul mio destino. Il giorno seguente Carlo abbandonò Roma senza che io volessi rivederlo. Qualche anno dopo io venni a Madrid: lo rividi, e dal suo grave contegno credei non serbasse per me che rancore; quando una mattina ricevo questa lettera. (*la lettera è nel tiretto dello scrittoio*) Mi scriveva che abbandonava la corte, correva all'armata sperando trovarvi la morte, poiché non poteva sopportare la mia presenza, la mia fredda ambizione. Amelia, io desiderai rivederlo; ma questo suo ritorno io credo che riuscirà funesto ad ambidue.

Duchessa Ma se voi lo amate...

Anna. Io! Beate quelle donne, Amelia, che possono conservare cupidamente il tesoro dell'amor loro per rendere felice il solo uomo che amano in tutta la vita. Ma io non ho più la gioventù, la bellezza, ho inaridito il cuore... io possedeva ed ho dispersa la felicità di Carlo.

Duchessa Ma egli vi ama.

Anna. Egli mi fugge; lascia Madrid, non vuole più vedermi.

Duchessa Non lo rivedrete?

Anna. Poichè più non potrei renderlo felice, voglio che mi dimentichi.

SCENA QUINTA

Paggio e dette.

Paggio Chiede di presentarsi alla governante dei principi reali il capitano delle guardie di servizio.

Anna. Ah!...

Duchessa È lui?

Anna. (*corre allo specchio per assicurarsi della perfezione della sua acconciatura, quindi vergognando dice*) Voglio che mi dimentichi, e desidero piacergli: vedi, Amelia, se io son donna? Entri.

Paggio (*parte*)

Anna. (Oh come sono divenuta debole da quando l'ho riveduto!)

SCENA SESTA

D. Carlo e dette.

Carlo Altezza, vengo d'ordine del re. S. M. vi previene che fra poco verrà a visitare i principi reali.

Anna. Duchessa, vi prego di far conoscere...

Duchessa Subito. (*parte*)

Anna. Non ha altro a dirmi il capitano di servizio?

Carlo No, Altezza.

Anna. E D. Carlo nemmeno?

Carlo Crederebbe di riuscire importuno se rammentasse all'Altezza Vostra la promessa di sollecitargli il congedo.

Anna. Volete assolutamente abbandonarne?

Carlo Vostra Altezza sa che io non voglio vivere a corte.

Anna. E come fu che tornaste a Madrid?

Carlo Il generale lo volle.

Anna. E sapete il perchè?

Carlo Lo ignoro.

Anna. E nessuna ragione vi spingeva a tornare?

Carlo Sì... Desiderava rivedere...

Anna. Chi?...

Carlo Gli amici miei.

Anna. Amici, amici!... Chi crede all'amicizia?

Carlo Io.

Anna. Chiedete qualche cosa ai vostri amici, e poi vedrete.

Carlo Io non ho chiesto nulla, ed essi han fatto tutto per me.

Anna. Davvero?

Carlo Sì, principessa.

Anna. È strano.

Carlo Quando io partii da questa città, dove tanto soffriva, mi colse a Burgos una grave malattia che mi tenne fuori di senno, e fu un amico che corse al mio letto ed ebbe cura della mia vita.

Anna. Chi sa con qual fine!

Carlo No, che prima che io tornassi in me e potessi riconoscerlo e ringraziarlo, egli era partito lasciandomi soltanto detto, che a Madrid ci saremmo veduti. Di più, sotto le mura di Barcellona, quando io per un alterco era condannato in prigione e mi s'impediva di prender parte alla pugna, fu anche un amico che ottenne la mia grazia e tacque il suo nome facendomi pur dire, ci saremmo veduti a Madrid.

Anna. E questi amici erano uomini?

Carlo Signora...

Anna. Sicchè voi desideravate rivedere i vostri amici! Fra questi certo non sono io; io conto fra i vostri nemici, non è vero? Rileggeva adesso appunto la lettera indirizzatami da voi nel partire da Madrid.

Carlo Voi conservate?...

Anna. La conservo... come tutta la mia corrispondenza. Essa è molto dura.

Carlo Perdonate ad una passione che mi dominava... allora.

Anna. Allora?... Ma se adesso questa passione è passata; se qualche anno trascorso ha distrutto ogni vezzo in... in questa donna, se la sua voce non ha più potere sul cuor vostro, perchè la fuggite? perchè piuttosto non le stendete la mano e non le offrite la vostra amicizia? (*gli va presso*) D. Carlo, credetelo, io ho per voi stima ed affetto, e mi pesa trattarvi come un estraneo dopo che vivemmo in una intimità fraterna. Lo sciagurato amore che vi prese per me giovinetta, ora è scomparso, mi dite, niuno ostacolo può più allontanarvi da me, son vecchia ormai, non potete più temermi. Non mi odiate D. Carlo, io non lo merito; non potete amarmi, ma non dovete odiarmi. Sì, l'ambizione, è vero, mi ha dominata: io volli compiere in Ispagna quel che Richelieu compì in Francia. Ora mi si offre una corona, o Carlo, colla Contea di Limbourg, ma l'accetterò io? Non so. Il mio cuore vuol pure la sua parte nella mia esistenza, ed io spesso volo colle ali del pensiero al mio pacifico asilo di Roma, al mio palazzo sul Circo Agonale, al mio vago giardino pieno di soavi memorie, e là, sembra mi dica il cuore, là devi cercare la pace, là le gioie di questi giorni che ti restano di vita.

Carlo E siete voi che così parlate? Non sogno io?

Anna. Voi sognaste una giovinetta amante, e ritrovate invece una donna amica. Voi più non partirete, è vero?

Carlo Principessa, conviene che io parta.

Anna. (*con sospetto*) Voi forse udiste sparlare di me?

Carlo Guai! a chi lo ardisse: la mia spada saprebbe ritrovargli il cuore!

Anna. E rifiutate la mia amicizia?

Carlo Amicizia? Ma non è questo uno scherno? Voi mi parlate di amicizia, voi che mi scacciaste dal vostro palazzo di Roma, voi che mi lasciaste partire da Madrid colla morte nel cuore, nè più chiedeste di me finchè ieri per caso mi rivedeste? Mio Dio! mi parlate d'amicizia, e mostrate di non comprendere, di ricordare appena che io vi ho amata quando sposa novella vi conobbi in Roma, vi amava quando vi fuggiva da Madrid, e vi amo adesso come allora, come sempre! Ma non gioite, o signora, del vostro trionfo: dal fondo di questo amore funesto che da tant'anni mi fa errare privo di gioie, di pace, sento nascer l'odio contro la donna che ha goduto e gode nello scorgere questa fiamma divoratrice che mi consuma la vita. E se il mio amore qui mi trascina, il mio odio è più potente, poichè mi dà forza per fuggirvi. Ora che sapete quanto passa nel mio cuore; che io vi amo... e vi odio in un punto, ora offritemi la vostra amicizia, ora ditemi di rimanere.

SCENA SETTIMA

Paggio e detti.

Paggio Il re chiede con premura del capitano di servizio.

Carlo Principessa, domani io parto: addio!

Anna. (*con trasporto d'amore*) No, Carlo rimanete!

Carlo (*con slancio di gioia*) Ah!

Anna. (*gli accenna di far silenzio e di partire*)

Carlo (Amarmi ella?... No, non posso sperarlo.) (*parte*)

SCENA OTTAVA.

La Principessa Anna-Maria sola.

Odio?... è amore! Egli mi ama sempre! Potrò dunque provar nella vita la vera felicità?... Ed il mio passato? Io non ho amato altri che lui... Oh dovrà amarmi, dovrà perdonarmi!

SCENA NONA.

Paggio e detta.

Paggio L'Altezza Vostra vuol ricevere il residente di Parma? Egli è sempre nell'anticamera.

Anna. Povero abate! E chi lo ricordava più! Fatelo entrare.

SCENA DECIMA.

La Principessa Anna-Maria sola.

E pure l'attendere è stata la sua fortuna: il mio piano è cangiato: conviene che io spezzi la mia catena. Prima Alberoni era mio nemico, adesso può essere mio alleato.

<h1 style="text-align:center">SCENA DECIMAPRIMA</h1>

Alberoni introdotto dal Paggio e detta.

Paggio Il residente della corte di Parma. (*solleva la portiera e parte*)

Alberoni (*con aria ad arte umile s'inchina secondo la sua abitudine*)

Anna. Alberoni, da quell'aria contrita si potrebbe credere che siate disposto a fare il vostro testamento... politico.

Alberoni Qualche cosa di più; la mia confessione generale.

Anna. Badate, che voi dovreste avere dei casi riservati, che non so se io potrei assolvere.

Alberoni Godo di trovare l'Altezza Vostra di umore sì gaio.

Anna. Sì, avete trovato un buon momento.

Alberoni L'ho atteso per due ore. (L'ho detta!) Principessa, mi è sembrato d'intravedere che l'Altezza Vostra non mi guardi più con quell'occhio benigno col quale altre volte solea consolarmi: sorpreso, afflitto di ciò, io mi son fatto ardito di venire a rammentare alla Principessa Orsini, che ella può disporre di me, di questo nulla, come cosa tutta sua.

Anna. Io temo che voi venghiate a vendermi la città di Napoli.

Alberoni Ossia?

Anna. Che vogliate vender quello che non è vostro.

Alberoni Come, io non sono mio? Sono forse venduto?

Anna. Voi avete due faccie.

Alberoni Oh!

Anna. Anzi quattro, quanti sono i punti cardinali. Voi siete Giulio Alberoni...

Alberoni Vostro servo.

Anna. E pensate a voi stesso per fare una fortuna. Secondo: rappresentate la corte di Parma.

Alberoni È il mio paese.

Anna. Terzo: voi avete corrispondenza segreta con Luigi XIV che vi passa una pensione.

Alberoni Ma...

Anna. Anzi ier l'altro vi fu sborsato un anno anticipato. Infine Filippo vi passa *brevi mano* uno stipendio. Quindi per intenderci bene, cominciamo dal riconoscere l'identità della persona che viene a parlarmi. Se è il suddito di Parma, io gli renderò il ritratto della sua signora (*glielo mostra*); se è il corrispondente di Francia, lo avverto di far conoscere a Luigi che gli sarà inviato il vostro vero

29

padrone, il principe Del-Giudice, e non è per fargli un bel dono; se poi è lo stipendiato di Spagna, gli darò un dispaccio da presentarsi in persona al governatore del castello di Pamplona.

Alberoni Altezza... perchè io a Pamplona?

Anna. Non conoscete la strada?

Alberoni Per andarvi tutti la conoscono... ma per tornare indietro la trovano pochi. Altezza se io, spinto, tentai di dar moglie a Filippo...

Anna. E che, forse io mi oppongo che Filippo torni ad ammogliarsi? Io lo desidero; ma non dovevate voi, messer l'abate, voler condurre quest'affare a mia insaputa. Di ciò vi fò colpa; ma voi non avete offeso che la Principessa Orsini, ed io vi ho vinto, e vi perdono. Siedete.

Alberoni (Generosa una donna? Qui deve esservi un movente nascosto che ha cambiato il registro della Principessa.)

Anna. Io stimo necessario che Filippo si ammogli.

Alberoni Quando lo dice l'Altezza Vostra... (Il movente nascosto vi è).

Anna. Voi dovete aver studiata la gran questione di dare una regina alla Spagna?

Alberoni L'ho studiata.

Anna. Ed i vostri raziocini a quale illazione vi han condotto? Esigo la verità.

Alberoni Altezza... verità vera, o verità politica?

Anna. La verità sincera.

Alberoni Altezza, questa nuova regina deve essere una regina che pensi, ovvero una macchina simile agli automi di Giacomo Vaucanson i quali muovono gli occhi, aprono la bocca, dicono di sì, dicono di no; ma ci vuole una mano misteriosa che dentro la testa vuota dia moto ai fili? Caso primo, se deve essere una donna che pensi...

Anna. Passate al secondo caso.

Alberoni Nel secondo caso, io credo si abbia a prender per base della ricerca, quel che il gran Luigi di Francia scriveva al suo piccolo nipote Filippo di Spagna. Se passerete in seconde nozze, dovete scegliere fra una principessa di Portogallo, una principessa di Baviera, ed una principessa di Parma.

Anna. Le regine portoghesi furono sempre bene accette ai castigliani; anche un matrimonio colla figlia dell'Elettore di Baviera costante alleato...

Alberoni E quali vantaggi porterebbero alla Spagna?

Anna. Ditemi D. Giulio, in confidenza, che cosa vi ha promesso la corte di Parma?

Alberoni E Vostra Altezza suppone?...

Anna. Forse ministro?

Alberoni Oh Dio! Qualcuno, bontà sua, pretende che in una scranna ministeriale potrei provarmi anch'io.

Anna. E vi ci trovereste comodo, specialmente quando si fosse allontanata la Orsini.

Alberoni Allontanata voi dalla corte?

Anna. Questa proposta si è fatta.

Alberoni Calunnie, Principessa! E ne ho le prove in dosso. (*le dà un foglio*)

Anna. Un foglio di Elisabetta Farnese?

Alberoni Una giovinetta regina sul più gran trono del mondo senza il vostro appoggio? Ella si perderebbe.

Anna. (*dopo aver scorso il foglio*) La conferma della mia carica di prima dama d'onore!

Alberoni Questa era la prova del mio attaccamento per l'Altezza Vostra, che io mi serbava mostrarvi quando le trattative si fossero concluse.

Anna. Credete dunque la Farnese preferibile?

Alberoni Senza dubbio! Ell'è l'erede del Duca di Parma e del Gran Duca di Toscana...

Anna. (*prende il ritratto di Elisabetta*) La sua aria è ingenua ...

Alberoni Ingenuissima! Ella è un impasto di burro e di miele, ed una mano esperta come la vostra, Altezza, le darà quella forma che vuol darle. Ella sarà l'automa, e voi Altezza moverete i fili.

SCENA DECIMASECONDA

Paggio e detti.

Paggio Altezza, viene il re.

Anna. Alberoni, rasserenate la fronte: Filippo aveva sciolta ogni trattativa; ma la Principessa Orsini ora le riallaccia con voi. (*parte seguita dal Paggio*)

SCENA DECIMATERZA

Alberoni solo.

Ah, respiro! Vi sono riuscito dunque! Eh, ma qui vi è un movente nascosto che... (*vedendo la lettera di D. Carlo*) Oh... che vedo? D. Carlo di Leganez?... Eccolo qui! Il movente nascosto è bello e scoperto. Quale poteva essere il movente di una donna? Bestia! che non vi ho pensato prima. Ora ho il filo di Arianna per entrare nel laberinto della Principessa.

SCENA DECIMAQUARTA

Filippo V, la Principessa Anna-Maria, Paggi,
Gentiluomini, fra i quali D. Carlo, e detto.

Anna. La Maestà Vostra si degna questa mattina di venire a visitare i principi?

Filippo Quanto voi mi dite sulla salute loro, mi rassicura. (*ai Gentiluomini ed ai Paggi che sono rimasti sulla porta*) Cavalieri, io vi ringrazio e vi concedo pochi momenti di libertà.

SCENA DECIMAQUINTA

Filippo V. e la Principessa Anna-Maria.

Filippo Maria, siamo soli?

Anna. Nessuno può udirne. Voi siete turbato, sire? Non è dunque per i principi?...

Filippo No, io aveva bisogno di parlarvi, perchè solo a voi posso confidarmi.

Anna. Ha Vostra Maestà veduto il Principe Del-Giudice?

Filippo Lo sapete?

Anna. L'indovino.

Filippo Ed indovinate pure quello che mi ha detto?

Anna. Tutte le dicerie che a carico nostro corrono pel paese, aggiuntevi le sue.

Filippo Voi non sapete tutto: a forza di sparlare ha preso vigore il partito ne' malcontenti fomentato da Melgar ed Aguilar, ed il presidente di Castiglia ha dei sospetti...

Anna. Ma per ciò non vale agitarsi, o sire, basta impedire.

Filippo E come?

Anna. Mandando questa notte nel forte di Pamplona tutti i colpevoli, e lì tenerli finchè la vostra grazia li ridoni alle case loro.

Filippo Ma i nomi di costoro?

Anna. Ve li darò io.

Filippo Voi?

Anna. Questa sera Veraguez vi porterà un plico: leggetelo.

Filippo Principessa, ma voi salvate me, i miei figli, la mia corona!

Anna. Si sorprende la Maestà Vostra?

Filippo No, poichè non è la prima volta.

Anna. Ma deve essere l'ultima.

Filippo Come?

Anna. Ascoltatemi sire. Io fui tutta devota alla vostra persona ed allo stato; ma il bene che io ho cercato fare non mi ha guadagnato la gratitudine nè dei nobili, nè del popolo, che non videro in me altro mai che una straniera. Sire, per avere la pace conviene che voi diate una nuova regina alla Spagna, e che io, abbandonati gli affari di Stato, torni al mio posto di semplice dama d'onore. Elisabetta Farnese che colla sola sua effige seppe infiammarvi...

Filippo Maria...

Anna. Non negate, sire, la vostra fervida fantasia vi spinge ad essa sulle ali dorate di un pensiero soave. Ebbene, questa giovine Principessa oltre i diritti che vi accorda sopra una parte d'Italia, vi acquisterà le simpatie della Spagna, come tutto ciò che è nuovo, giovine e bello. Essa verrà benedetta dal popolo; si aspetterà sotto il suo scettro un'era di gioia, e si crederà finito ogni male colla caduta della Orsini. A me poco importa quel che di me pensa il mondo: volli la grandezza della Spagna e di Filippo V, l'ottenni, ed ora scendo volentieri dal mio piedistallo dorato, paga del bene fatto e del conoscermi pura.

Filippo Maria voi siete grande, sublime! Ma Filippo non è ingrato, Filippo è il primo gentiluomo del suo regno, nè manca alle sue promesse.

Anna. Conosco gli slanci generosi dei quali è capace il cuor vostro: la gratitudine, il dovere, vi fecero offrire a me la vostra mano; ma voi non mi avreste fatta mai vostra sposa. No, io non posso formare la felicità vostra, nè voi la mia: io, sire, vi sciolgo da ogni promessa, io dimentico tutto.

Filippo E voi vorreste?...

Anna. Il bene vostro.

Filippo E che sarà di voi?

Anna. La pace e la quiete è quello che ormai desidero.

Filippo (*sospettoso*) Maria... forse un affetto?...

Anna. (*con grazia*) Sire, voi siete il mio signore, ordinate alla mia volontà; ma il mio cuore copriamolo di un velo, lasciamolo da un canto, vi prego, è cosa mia.

Filippo (*dopo una pausa, dice con dignità*) Principessa, cedo alle vostre ragioni, qualunque sia il motivo che ve le inspira. Chiederò la mano di Elisabetta Farnese; ma voi a cui Filippo V accordò tutta la sua fiducia, non dovete più servire alcuno. Il giorno che Elisabetta salirà sul trono di Spagna, la Principessa Orsini partirà da Madrid per salire sul trono di Limbourg.

Anna. Sire...

Filippo Voi non potete rimanere al mio fianco, io lo comprendo.

Anna. Sire, voi ricompensate da quel gran re che siete, ed io con gratitudine accetto il dono che vi degnate offrire alla vostra serva fedele.

Filippo Questa sera vi consegnerò l'atto di donazione. A che ora potrò avere le carte che mi avete promesso?

Anna. Sulla mezza notte.

Filippo È il vostro Veraguez che le porterà?

Anna. Sì.

Filippo Questa sera vi è festa a corte... Dopo la festa verrete nel mio gabinetto.

Anna. A quell'ora sì tarda?

Filippo Per evitare gli sguardi ed i commenti degli indiscreti, passate pel corridore nuovo, e nessuno vi vedrà.

Anna. Ma...

Filippo Così vuole il re. (*verso la porta*) Signori, entrate.

SCENA DECIMASESTA

Alberoni, D. Carlo, D. Roquillo, Gentiluomini,
Paggi e detti.

Alberoni La preziosa salute del principe delle Asturie?...

Filippo I principi godono ottima salute.

Alberoni Lode al cielo!

Filippo Presidente di Castiglia. (*si avanza D. Roquillo al quale Filippo dice piano*) Questa notte farete entrare segretamente in Madrid il reggimento Vallone, e farete circondare da esso il palazzo Medina-Coeli; poi verrete a prendere i miei ordini. (*Roquillo saluta e si ritira, e Filippo rivolgendosi a D. Carlo dice*) Capitano... (*segue piano*) Assicuratevi che alla mezza notte sieno chiuse le porte del nuovo corridoio.

Anna. (*piano ad Alberoni*) Alberoni, date la lieta notizia ad Elisabetta Farnese, che la corona di Spagna poserà sul suo capo.

Alberoni Oh! (*resta sorpreso*)

Filippo (*accomiatandosi*) Principessa...

Anna. (*accompagnando il re*) Sire...

Alberoni (Povera Principessa! il suonator di campane te l'ha fatta.)

Filippo (*esce seguito dai Gentiluomini, dai Paggi, da Alberoni ecc.*)

SCENA DECIMASETTIMA

La Principessa Anna-Maria e D. Carlo.

Anna. (*a D. Carlo che è per seguire gli altri*) D. Carlo, ascoltate. Voi questa mattina mi avete scagliate delle accuse alle quali non volli rispondere; ma ora lo posso e lo voglio. Quando io vi lasciai fuggire da Madrid, aveva una grande missione da compiere in questa corte, ed io così a Roma come a Madrid vi temeva a me vicino, temeva dell'amor vostro, temeva del cuor mio; e soffersi, ma vi volli lontano da me. Ma anche lontano io non vi dimenticava giammai, come voi dite, io vegliava su voi, io vi seguiva col pensiero. Ma chi era la donna che ebbe cura de' vostri giorni a Burgos? Chi era che vi fece aprire le carceri a Barcellona? Chi vi fece tornare a Madrid? Ma non sono io, sempre io! E voi non l'indovinaste, Carlo? Non indovinaste che era Maria, Maria che vi amava e che vi ama!

Carlo Voi, voi, Maria!

Anna. Sì vi amo, fin dal giorno che vi sorpresi col mio ritratto sulle labbra.

Carlo Oh perdono, Maria, perdono!

Anna. Ebbene Carlo, ora non sono più moglie, ora non ho più nulla a compiere in questa corte.

Carlo Disponete di me.

Anna. Io accetto la corona di Limbourg, io parto; volete voi dimenticare tutto il passato, distruggerlo, annientarlo nella nostra memoria, e cominciare oggi una vita tutta nuova di gioia e di amore? Volete voi seguirmi, o Carlo? Volete dividere il mio trono, la mia esistenza, e viver per me, viver per noi una vita d'oblio e d'amore?

Carlo Maria, con voi dovunque! In povero stato o sul trono, la mia vita è vostra, io non vi chieggo che amore.

Anna. Ed io son vostra.

Carlo Mia? E per sempre!

Anna. Per sempre, addio.

Carlo Addio. (*parte*)

Anna. Ma che sono le gioie dell'ambizione, del potere per una donna, a confronto di un istante d'amore? (*parte*)

FINE DELL'ATTO SECONDO.

ATTO TERZO

Il *corridore nuovo* che unisce l'abitazione del re a quella dei principi. A destra la porta che conduce dal re, a sinistra quella che conduce dai principi: ambedue sono chiuse. Nel fondo due grandi archi colle porte che poi vengono chiuse: al di là degli archi un loggiato scoperto che si suppone guardare sul fosso che contorna il castello. La scena è solamente rischiarata da una lampada che pende dal soffitto. Quadri antichi alle pareti. Un piccolo tavolino ed un seggiolone sono nel fondo fra una porta e l'altra: non vi è altro mobilio.

SCENA PRIMA

D. Carlo ed Amezaga vengono dalla porta di fondo a destra, una Guardia del corpo è in fazione, ed a quando a quando si vede dal fondo presso la balaustrata del loggiato.

Carlo Che ora è sonata?

Amezaga Le undici.

Carlo Questo è il corridore nuovo?

Amezaga Sì, capitano, e per costruirlo si è dovuto atterrare un'ala del convento de' cappuccini, con scandolo d'ogni buon cattolico.

Carlo Tenente, come suona la mezzanotte, quelle porte saranno chiuse. (*accenna quelle di fondo*)

Amezaga La solita consegna.

Carlo Solita?

Amezaga Da quando le chiavi del palazzo sono affidate al capitano di servizio, ogni guardia che monta riceve il medesimo ordine.

Carlo Una volta era il gran maggiordomo che le custodiva?

Amezaga Ma dopo la morte del Marchese di Villafranca è seguita questa variante nel servizio di corte. Il nuovo gran maggiordomo, il Duca d'Alba ha trovato la cosa fatta ed ha dovuto accomodarvisi. Questo è un grande onore che il re ha voluto conferire al nostro corpo.

Carlo Onore del quale io godrò per poco: questa è la mia prima e la mia ultima guardia al palazzo Medina-Coeli.

Amezaga Sì? Abbandonate il servizio? Ora si sta così bene alla corte: belle donne, balli, suoni; oltre a ciò noi uffiziali delle guardie abbiamo una graziosa divisa, mezzo alla francese mezzo alla prussiana. Ma la vostra spada non è secondo il nuovo modello? E quel pugnale ad uso degli antichi castigliani?

Carlo Sono le armi di mio padre: io le raccolsi sul campo di Almanza ove ei moriva combattendo.

Amezaga Veggo infatti l'insegna di vostra famiglia: il leone che fissa gli sguardi nel sole.

Carlo (*guardando fuori dal loggiato a sinistra degli attori*) Splendono le finestre della gran sala. (*a destra*) E di qua è tutto buio, meno quella loggia che dà sul fosso del castello ove tra le tende traspare un fioco lume.

Amezaga Quello è il gabinetto privato di Filippo, e vi si può salire da quella porta là. (*quella a destra*) Se si dovesse dar fede alle storielle galanti che si narrano per Madrid, quello sarebbe un luogo molto sospetto. (*sorride con malizia*)

Carlo Non conviene prestar fede alle storielle del volgo. Seguitiamo il nostro giro. (*esce dalla scena pel fondo a destra insieme ad Amezaga, e si trattengono presso la balaustrata, quindi partono a piacere*)

SCENA SECONDA

Vengono dal fondo a sinistra il Marchese di Leganez, il Conte di Aguilar e due Gentiluomini.

Leganez (*prima d'inoltrarsi sulla scena dice accomiatando i due Gentiluomini*) Conte di Elba e Marchese di Naguiera siamo intesi, a rivederci fra poco. (*i due Gentiluomini partono*)

Aguilar A che questo mistero, dove mi conducete?

Leganez Qui dove i nostri sguardi non saranno spiati. Conte, voi tardaste, ed io temeva che non veniste più questa sera a corte.

Aguilar Che avvenne di nuovo?

Leganez Il presidente di Castiglia ha dei sospetti: or ora dimandò di voi; io sono sorvegliato... Insomma il nostro progetto se non in tutto, in parte è scoperto. Il Duca di Popoli ha rifiutato soscrivere la memoria da voi stesa, ed è partito pel suo castello: quest'uomo che non piegò mai nè alla forza delle armi, nè a quella del destino, ora si curva all'aura del real favore.

Aguilar E che pensate di fare? Che dissero il Conte di Elba ed il Marchese di Naguiera?

Leganez Convenimmo tutti che non vi ha tempo da perdere. Questa stessa notte conviene tentare un colpo di mano. In corte siamo cinquanta Gentiluomini...

Aguilar E diecimila fra soldati e popolani abbiamo in Madrid.

Leganez Tutti stanno sull'avviso: tentiamo il destino.

Aguilar E se non riusciamo?

Leganez Chi rimarrà vivo fuggirà a Lisbona: cinquanta cavalli prima di giorno saranno sulle rive del Manzanares.

Aguilar Marchese, Iddio ci salvi! Voi foste più impetuoso che saggio; ma ormai il mio destino è legato al vostro, io vi aiuterò con tutte le mie forze. E la nostra memoria al Conte di Melgar?

Leganez Eccola. Ora la consegnerò al Cavalier Privado che è qui pronto a portarla subito a Lisbona.

Aguilar E perchè non andò ancora?

Leganez Vi mancava la firma dell'eroe di Barcellona. (*vedendo Carlo sul loggiato*) Ma sarà un Leganez che porrà il suo nome nel vuoto che egli ha lasciato.

SCENA TERZA

D. Carlo e detti.

Aguilar Il capitano delle guardie?

Leganez Raggiungete il Conte ed il Marchese: essi stanno ordinando la cosa. Fra poco sarò con voi.

SCENA QUARTA

D. Carlo ed il Marchese di Leganez.

Carlo Chi è là ?

Leganez Carlo...

Carlo Voi, mio zio? Sempre avvolto in cupi pensieri, mentre in un'ala del castello si fa festa, voi cercate l'angolo più remoto ed oscuro. Io aveva giusto qualche cosa a dirvi.

Leganez Carlo, rammenti il nostro colloquio di ieri?

Carlo Sono di quei colloqui che si configgono nella mente nè più si cancellano.

Leganez Ma io ieri ti parlai come di pazze fantasie che mi si aggiravano nella testa...

Carlo Ebbene?

Leganez Ciò io feci per scrutinare i tuoi pensieri: quanto ti dissi è preparato e sta per compiersi.

Carlo Possibile? Voi volete accendere di nuovo la guerra civile? No, mio zio, non credo che questo sia il vostro avviso.

Leganez E ti è più facile credere che i castigliani sopportino un giogo oltraggioso senza tentare di spezzarlo?

Carlo Spezzare un giogo per correre con l'armi in pugno a conquistarne un altro? Questo è un mettere per sua posta la vita e l'onore in un giuoco da fanciulli.

Leganez Ma non scorre a te pure nelle vene il sangue di Leganez, di questa nostra famiglia che lottò al trono di Castiglia? che fu tenuta pel sostegno della Corona di Carlo V? ed ora insieme a quanto ha di più nobile la Spagna, viene vilipesa e schiacciata da una sfrontata avventuriera? Carlo, questa Orsini che ci sprezza deve cadere: sì, questa notte ella sarà nelle nostre mani, e disgiunto da lei,

Filippo il debole re, dovrà pensare colla nostra mente, dovrà agire colle nostre braccia, se pure gli è cara la vita ed il regno. (*accennando il tavolino*) Vieni dunque e poni il tuo nome allo scritto che attende il Conte di Melgar, sarà la scintilla che desterà gran fiamma. Vieni... o se più ti giova imita il tuo generale che ha venduto l'onore per un vello d'oro.

Carlo (*forzandosi ad esser calmo*) Quanto voi volete fare è inutile. Colei che voi chiamate un'avventuriera abbandona la Spagna; quel cuor generoso che voi osate offendere, lascia a voi ambiziosi il diritto di spartirvi gli avanzi del suo potere.

Leganez Parte la Orsini?

Carlo Parte... ed io la seguo.

Leganez Tu?

Carlo Ella è sovrana della Contea di Limbourg, mi offre la sua mano e la sua corona: ecco quello che io aveva a dirvi. Stracciate adunque quello scritto, ogni vostro tentativo ormai si rende inutile. (*per partire*)

Leganez Ascolta! Ho io bene udito? Ella osa offrirti la sua mano? Questo è il colmo dello sprezzo! No, Carlo, o tu narrasti una fola, o tu non conosci colei che vuoi far tua moglie.

Carlo Io la conosco e la onoro.

Leganez Ma tu dunque non udisti mai parlare di lei? non domandasti a nessuno?... E questo stesso corridoio... Quella è la porta che conduce all'appartamento dei principi dove alloggia l'Orsini, e quella... (*accenna quella a destra*)

Carlo Basta... Se io non rispettassi nel vostro volto la venerata effige di mio padre, Marchese, a quest'ora avreste pagata l'infame calunnia.

Leganez Calunnia?... E tu non credi alle mie parole? non credi a quanto cento, mille gentiluomini ti ripeteranno?

Carlo Io non crederei ai miei occhi.

Leganez No?

SCENA QUINTA

Tenente Amezaga e detti.

Amezaga (*sulla porta di fondo dice ad una Guardia*) Chiudete queste porte.

Carlo (*colpito da queste parole*) Perchè

Amezaga (*a Carlo*) Suona la mezzanotte. (*le porte di fondo vengono chiuse ed Amezaga resta fuori di scena*)

Carlo La mezzanotte? A quest'ora nessuno può rimaner qui.

Leganez (*piano ed insinuante all'orecchio di Carlo*) Ma a te chi lo impedisce? Vedi... e credi agli occhi tuoi. (*parte volgendosi per vedere quello che fa Carlo*)

Carlo Io?... Mio Dio! cacciami dalla mente questo pensiero che mi arde le tempie come viva fiamma!... (*con risoluzione*) Io voglio vincere me stesso. (*parte*)

SCENA SESTA

La Principessa Anna-Maria sola.

(*apre la porta laterale a sinistra ed entra in iscena*) Mi sembrava udir rumore... Forse i passi della guardia che passeggia il loggiato... Un fremito percorre le mie membra... (*apre la porta di destra con una chiave, mostra della ripugnanza a entrare, quindi torna innanzi*) Oh quanto è penoso questo ultimo colloquio, questo mistero che ha tutto l'aspetto di una colpa. Io, ben veggo, non respirerò contenta che lontano dalla Spagna... Là con lui scorderò gli affanni che provai nella vita travagliata della corte. Io sono regina... io sono amata... Chi di me più felice? (*fatti alcuni passi si ferma*) Coraggio!

SCENA SETTIMA

D. Carlo e detta.

Carlo (*schiude alquanto la porta di fondo*)

Anna. (*vedendolo retrocede e getta un grido, rapidamente coprendosi il volto col velo che ha in testa*) Ah!... (*pausa, quindi facendo forza a sè stessa gli passa davanti con piede mal fermo ed entra a destra*)

Carlo (*entrata Maria va alla porta dove ella è entrata e guarda*)

SCENA OTTAVA

Il Marchese di Leganez e detto.

Leganez (*entra con circospezione, ed andando presso a Carlo gli dice*) Ora credi ai tuoi occhi?

Carlo (*scosso si volge alle parole di Leganez*)

Leganez (*va presso la tavola ove posa la memoria già nominata e gli accenna col dito ove deve sottoscriversi*)

Carlo (*nella più grande esaltazione esita un momento, quindi corre presso la tavola, prende la penna offertagli da Leganez ed in fretta si firma, poi venendogli un pensiero di vendetta sorride con gioia feroce e corre verso la porta a destra da dove è partita la Principessa*)

Leganez (che dai movimenti ha compreso quanto passa nell'animo di Carlo vorrebbe seguirlo)

Carlo (giunto sulla soglia della porta si volge atteggiandosi a difesa e dice con piglio risoluto) Io solo! Nessuno osi seguirmi. *(entra)*

Leganez Ora a me! *(parte dal fondo)*

SCENA NONA

Gabinetto del re, una porta a destra ed una a sinistra. Nel fondo un'ampia finestra che mette ad una loggia. Ricchissimo mobilio: un elegante scrittoio, sedie, ginocchiatore, ecc. Un candelabro portante molte candele accese rischiara la stanza.

La Principessa Anna-Maria quindi D. Carlo.

Anna. (apre la porta a sinistra ed entra agitatissima e si gitta affranta sopra una sedia quasi fuori di sentimenti) Mi sento mancare... *(dopo una pausa)* Egli! egli!... Dio mio, la punizione che tu mi hai inflitta è terribile! S'ei mi seguisse? *(corre per chiudere la porta e Carlo entra)* Ah! E voi osate inoltrarvi fin qui?

Carlo Non mi bastò udir la vostra voce; volli vedervi qui, in questo luogo.

Anna. D. Carlo, voi spiate i miei passi?

Carlo Io voglio scoprire il mistero del quale vi circondate.

Anna. D. Carlo, nel dirvi questa mattina che io vi amava ho creduto affidarmi ad un nobile cuore, ad un cavaliere generoso che non fa consistere l'amore in un concatenamento di bassi sospetti, di spionaggi, di sorprese; io credeva che voi sentiste altrimenti di quello che sente la turba degli amanti.

Carlo Una promessa ci lega, io veglio sul mio onore.

Anna. E sperate che io scenda a rendervi delle ragioni? Se siete pentito della promessa che questa mattina ci scambiammo... ritiratela, io non mi oppongo: voi non potete pretendere che questo da me. Ora uscite, vi prego, potremmo essere sorpresi.

Carlo Io di qua non uscirò che dopo saputo il vero.

Anna. Il vero?

Carlo Sì, il vero! Maria, io udii accusarvi, e non credei; io colla mia spada per due volte ho ferito gli audaci che osarono nominarvi con poca riverenza; ma nel vedervi venire in questo luogo, a quest'ora, io ho sospettato, ho creduto, e credo...

Anna. (con sguardo severo) Che cosa?

Carlo (dominato dallo sguardo di Maria) Ma è tale la purezza della vostra fronte, è tale il culto che da tanti anni vi serbo nel cuore, che basterà una vostra sola parola per dissipare ogni dubbio, perchè io mi getti ai vostra piedi e vi chiegga perdono. Oh, ditela questa parola, Maria, io non desidero altro che credervi, che stimarvi, che adorarvi!

Anna. (*commossa*) Carlo...

Carlo Voi tremate, Maria!...

Anna. Io vi giuro che vi amo.

Carlo Mi amate!

Anna. (*animandosi sempre più*) Vi amo!

Carlo E non amaste altri?

Anna. No!

Carlo Non m'ingannate Maria, sarebbe un delitto!

Anna. Mi punisca Iddio se io mento!

Carlo E giurate voi che non amate Filippo?

Anna. Giuro che io non l'amo!

Carlo Che voi non siete l'amante sua?

Anna. Lo giuro!

Carlo Che non lo foste mai!

Anna. Io... (*stende la mano come volesse giurare*)

Carlo Giuratelo, Maria, giuratelo dinanzi a Dio.

Anna. (*ritirando la mano con orrore e coprendosi il volto*) (Ah! non posso.)

Carlo (*dopo una pausa e dopo averla guardata con sdegno*) Se voi credeste che una corona sia il prezzo col quale si paga l'onore, Principessa, io vi dico che il mio onore non si vende.

Anna. Carlo, non mi oltraggiate, se io tacqui non fu mio pensiero di celarvi il vero. Io diceva a me stessa, l'amerò tanto che un giorno, quando vedrò che la mia esistenza sia indispensabile alla sua, quando egli vivrà della mia vita, io mi gitterò a' suoi piedi e gli dirò: Carlo, pesa un segreto sull'anima mia; ma io ho taciuto fino ad ora perchè temeva di perderti. Vuoi tu scacciarmi dalle tue braccia, vuoi tu cancellarmi dal tuo cuore? Non perdonerai alle mie lacrime, al mio amore? Ma chi ti ha amato e chi ti amerà quanto io ti amo?

Carlo Maria, tutto il mio passato non fu che un pensiero, il mio amore per voi; tutto il mio avvenire non era che una speranza: possedervi! Ma voi in un punto avete distrutto tutto il mio passato ed il mio avvenire, tutta la mia esistenza! Dovrei odiarvi... Ma voi avete detto che mi amate, ed io per questa parola voglio salvarvi. Una mano di gente vuole in questa stessa notte impossessarsi di voi, la vostra vita è in pericolo... Ebbene, Maria, io per un istante dimentico tutto, venite, uscite da questa stanza, da questo palazzo, io vi sarò scorta, io vi difenderò, e se mi verrà fatto salvarvi, allora ci divideremo per sempre.

Anna. D. Carlo, le vostre parole hanno ridestato il mio orgoglio di principessa e di donna. Se io pur corro un pericolo, non sarà già da un uomo che mi sprezza che accetterò la vita. Voi non aveste pietà nè del mio dolore nè del mio pianto... Basta! i nostri progetti furono un sogno, noi non dobbiamo più rivederci.

Carlo Salvatevi Maria, salvatevi finchè ne avete il tempo!

Anna. (*ascolta a destra*) Zitto!... Qualcuno parla nella camera vicina...

Carlo Forse si cerca di voi...

Anna. Uscite Carlo, uscite!...

Carlo Che io vi lasci, mentre un pericolo vi minaccia?...

Anna. Si appressano alla porta...

Carlo Vi difenderò colla mia vita! (*mette la mano sulla spada senza cavarla*)

Anna. (*spaventata*) Che fate? ... È il re!

Carlo (*resta colpito dalle parole di Maria, quindi dice con furore e con minaccia*) Egli viene... e per voi?

Anna. (*ponendosi avanti alla porta di destra*) Carlo!

Carlo (*si arresta davanti alla risoluzione di Maria*)

Anna. Viene! (*incalzando sempre perchè taccia ed esca*) Uscite, uscite!...

Carlo (*resta un momento incerto, quindi dato uno sguardo alla finestra dice con ironia*) Assisterò non visto a questa scena d'amore. (*con movimento rapido va sulla loggia e chiude*)

SCENA DECIMA

Filippo V e detti.

Anna. (*vedendo entrar Filippo gitta un grido*) Ah! (*si pone avanti all'entrata della loggia, quasi volesse coprire colla sua persona Carlo. Rassicurata che egli è entrato, fa a stento alcuni passi fino ad una seggiola ove si lascia cadere*)

Filippo Principessa, perdonate il mio ritardo, ma il vostro Veraguez non mi consegnò che adesso questo infame scritto indirizzato a Lisbona al Conte di Melgar. (*lo posa sullo scrittoio*) In seguito di ciò dovei dare i miei ordini al presidente di Castiglia. La più parte di coloro che posero la firma su quella carta si trovano tuttavia a corte, abbandonandosi alla musica ed alla danza; ma intanto le porte si chiudono, il reggimento Vallone circonderà fra poco il castello, ed essi sono in mio potere. Principessa, e siete voi, sempre voi che vegliate su me come il mio angelo tutelare. (*con un sospiro*) E pure.. Avanzatevi, Principessa... Vedete questi due fogli? uno è la donazione della Contea di

Limbourg per voi; l'altro è una mia lettera colla quale chieggo la mano di Elisabetta Farnese. Se voi accettato la prima, io soscrivo quest'altra. Maria, il cuore non mi resse di porre quella firma... Al momento di dividerci per sempre sento quanto la vostra compagnia mi sia cara.

Anna. (*vorrebbe farlo tacere*) Per pietà, sire...

Filippo Avvezzo a vedervi, ad udirvi sempre, sento che senza di voi questa reggia mi sembrerà un deserto; io ripiomberò nella cupa melanconia dalla quale voi soltanto sapeste sollevarmi.

Anna. Sire, avete in mano la lettera con la quale vi fidanzate ad Elisabetta, ed indirizzate a me parole... Io vi dirò, sire, che voi fate uno sfregio alla futura regina di Spagna, (*accennando a sè*) ed umiliate troppo una principessa.

Filippo (*le consegna una pergamena*) Voi siete libera e regina: ora posso firmare la mia lettera. (*eseguisce*) Maria, noi siamo divisi per sempre. (*le stende la mano*) La tua mano Maria.

Anna. (*con stento gli dà la mano*)

Filippo Ma perchè questo ritegno?... Tremi Maria?... Oh se tu sei pentita, rendimi quella pergamena! ed io la brucio insieme alla mia lettera.

Anna. (*con slancio*) No!

Filippo No?... (*facendosi sospettoso*) Maria, se fosse vero quanto questa sera mi fu asserito da persona che io pure stimo... sarei inesorabile; il mio orgoglio offeso ne farebbe vendetta.

Anna. Che dite sire?

Filippo Ma ciò non può essere.

Anna. Queste misteriose parole...

Filippo Mi si voleva far credere che voi coltivate una passione romanzesca da lungo tempo; che voi volevate lasciare la Spagna per abbandonarvi nelle braccia dell'uomo che il cuor vostro ha sempre preferito a tutti; che voi conservate le sue lettere; che voi lo avete richiamato a Madrid, e che qui sotto i miei occhi, nel mio palazzo... Ed io lo confesso, lo credei per un istante; ma quando ebbi da voi per le mani di Veraguez questo foglio, mi sparì ogni dubbio.

Anna. (*confusa ed atterrita*) Qual dubbio?... Come?...

Filippo (*ponendole in mano la carta*) Voi conoscete i nomi di costoro che attentano ai nostri giorni? Dite, li conoscete?

Anna. (*macchinalmente*) Sì.

Filippo Ebbene... vedete?

Anna. (*scorre macchinalmente la carta*)

Filippo Fra costoro che voi ponete nelle mie mani, fra costoro che io abbandonerò al rigore della legge, alla prigione ed al patibolo, vi è un nome, il nome di colui che dicono... Guardate là in fondo alla pagina... Vedete? (*leggendo*) «D. Carlo di Leganez»

Anna. Ah!

Filippo (*con forza*) Voi non lo sapevate?

Anna. (*subito*) Lo sapeva, sì lo sapeva...

Filippo (*con diffidenza*) Lo sapevate?

Anna. Sì!... se io tremo... Sì, è vero, tremo, vacillo... ma io lo sapeva! È che non credeva che voi, sire, questa volta non avreste perdonato colla vostra solita generosità. Ma voi mi parlaste di patibolo... di morte... (*con dolore*) E sono io che gli uccido!

Filippo Maria, voi accrescete i miei sospetti!

Anna. Sire, pensate che anche voi benchè re un giorno dovete essere giudicato: siate misericordioso. Me più che voi colpivano le costoro mene, ed io perdono, perdono tutto! Sire, fate voi altrettanto.

Filippo Se io fui ingannato, guai a voi, Maria! guai a lui!

Anna. (*ascoltando*) Ah!... Udite?... un rumor d'armi...

Filippo È il reggimento Vallone che giunge.

Anna. No, sire!... Questa è la sommossa che scoppia! (*si vede una luce rossastra dai vetri della finestra*)

Filippo Un chiaror di faci rischiara le tenebre della notte. (*andando verso la loggia*)

Anna. Dove andate

Filippo Voglio assicurarmi.

Anna. (*opponendosi*) No, sire, fermatevi!

Filippo Perché? Qual terrore è il vostro? (*avanzandosi*) Io voglio vedere...

Anna. (*c. s.*) Per pietà, sire!...

Filippo Maria, voi mi nascondete un tradimento!

Anna. (*gittandosi alle sue ginocchia lo arresta*)

Ah Filippo, Filippo!...

Filippo Lasciatemi! Tutto voglio sapere. (*la rovescia e quando è per aprire la finestra si ode il tonfo di un corpo che dall'alto cade nell'acqua*)

Anna. Ah!

Filippo (*arrestandosi*) Qualcuno era là fuori e si è gittato nel fosso... (*corre con impeto ad aprire la loggia e vi entra*)

Anna. Soccorso mio Dio, soccorso!

Filippo (*torna in iscena con aspetto cupo, ha in mano il pugnale di D. Carlo*) Questo pugnale ha lo stemma dei Leganez. Era un assassino o un amante che là si nascondeva? (*fuori di sè dalla collera*) Parla dunque... parla!

Anna. No!

Filippo Rispondi.

Anna. Non mai!

Filippo Maledizione sui traditori! Se colui vive ancora, gli strapperò io il segreto dalle labbra. (*parte*)

Anna. (*si è trascinata sulle ginocchia appresso a Filippo per fermarlo; e quando egli esce, cade svenuta*)

FINE DEL'ATTO TERZO.

ATTO QUARTO

Sala d'udienza di Filippo V. Altra sala si vede in fondo.

SCENA PRIMA.

Filippo V e la Duchessa D'Avrè.
Maggiordomo nel fondo.

Filippo È dunque la Principessa Orsini che vi manda?

Duchessa Sire, la Principessa presa da grave malattia fu per perdere la vita, ed è più di un mese che non esce dalle sue stanze.

Filippo Ella cadde malata quella notte che Leganez, Aguilar ed altri furono arrestati in palazzo: diceste bene, Duchessa, è più di un mese.

Duchessa Sire, la Principessa ben vede come il favore della Maestà Vostra non è più con lei.

Filippo Direte alla Principessa, che mi gode l'animo nel saperla risorta.

Duchessa Benchè in forse della vita, ella ha sempre tenuto appresso con occhio vigilante agli avvenimenti che si svolgevano alla corte ed in Europa, e crede ora di avere delle gravi cose da comunicare al re.

Filippo Filippo V ascolta tutti.

Duchessa E vorrebbe oggi stesso...

Filippo Oggi!

Duchessa Ella ha tanta forza di volontà da dominare la debolezza del suo corpo, quando una grave cagione lo chiegga.

Filippo Ditele che la governante dei principi ebbe sempre libero l'accesso, ed ella è tuttavia la governante de' miei figli.

Duchessa Sire, non una parola confortante porterò alla più fedele delle vostre soggette?

Filippo (*congedandola*) Ditele che il re la rivedrà con piacere. (*al Maggiordomo*) Entri il Generale di Popoli.

SCENA SECONDA

Filippo V solo.

Rivederla?... Sì, se io la fuggissi potrebbe credere, la superba donna, che io la temessi. Io più non l'amo, tuttavia la sua voce, le sue parale han tale un potere sulla mia volontà che mi dominano... Ed ancora non potere schiarire i miei dubbi! Perchè quella notte D. Carlo era là?...

SCENA TERZA

Il Duca di Popoli introdotto dal Maggiordomo e detto.

Maggiordomo (parte)

Filippo E qual fortuna è la nostra, Principe di Barcellona, di rivedervi dopo più di un mese? Può il re di Spagna far qualche cosa pel suo generale?

Popoli Maestà, la benevolenza di Filippo V mi rende pago e felice, nè altro chieggo per me.

Filippo Chiedete dunque per altri: seppe bene scegliere chi a me v'invia.

Popoli Sire, nel pacifico asilo del mio castello ove passo questi ultimi miei giorni nel riposo, ritardata sì, ma pur mi giunse una triste novella.

Filippo E quale?

Popoli Che D. Carlo Di Leganez, colui che combattè al mio fianco molte battaglie, colui che io amava quasi come figlio, e che io aveva raccomandato e garantito alla Maestà Vostra, viene accusato di avere attentato alla vita del suo re.

Filippo Egli tentò salvarsi gittandosi da una loggia; ma il suo pugnale coll'arma dei Leganez gli cadde, e fu da me ritrovato.

Popoli Atterrito da tale annunzio io corsi a voi, sire...

Filippo (alterato) Per chiedere la grazia di D. Carlo?

Popoli No, se egli fosse colpevole, io non chiederei nulla per lui; ma io conosco D. Carlo, egli è un uffiziale di onore, non può aver tradito i suoi doveri, egli è innocente, credetelo sire, io lo conosco!

Filippo Eppure io ho veduto con questi miei occhi il suo nome a piè del foglio diretto a Lisbona. Egli firmò.

Popoli Comprendo! Fu D. Rodrigo che lo trascinò a porre colà il suo nome; forse venne ingannato, come si tentò ingannar me... Ma che D. Carlo tentasse un assassinio, no, non è capace di tanta infamia; è certo vittima di qualche raggiro, o di qualche mala intesa delicatezza: egli forse non salva sè per non accusar altri.

Filippo (facendo conoscere che divide il suo sospetto) Credete?... E preferirà la morte?

Popoli Se io potessi parlargli, son sicuro che aprirebbe il cuor suo, e...

Filippo Sì?... E supponete avere tanto potere su lui?... e volete parlargli?

Popoli Chieggo questa grazia.

Filippo Non è una grazia, è un servigio che voi mi rendete: fate ch'ei parli, e che io sappia il vero. (*va verso lo scrittorio, in questo vede il Maggiordomo*)

Filippo (*al Maggiordomo*) D. Luigi di Guzman, è giunto il ministro Alberoni?

Maggiordomo Maestà sì, e con esso il presidente del tribunale.

Filippo Vengano innanzi.

Maggiordomo (*parte*)

Filippo (*scrive una linea sopra un foglio e lo porta a Popoli*) Voi vedrete subito il vostro protetto: attendo conoscere dalla bocca vostra il risultato di questo colloquio.

SCENA QUARTA

Alberoni, Principe Del-Giudice, D. Roquillo e detti.

Popoli Sire, fra poco sarò di ritorno. (*parte*)

Filippo Signori, le gravi questioni che questa mattina dovremo trattare in consiglio, mi han fatto desiderare di ascoltarvi prima privatamente.

Roquillo Sire, la Spagna tutta si atteggia a letizia per l'imminente matrimonio della Maestà Vostra colla serenissima Principessa di Parma, ed è in questo fausto avvenimento che vi chiede a mani giunte la pace.

Alberoni Sì, la Spagna chiede pace e pace duratura coll'Europa. S'impinguerà così l'erario, rifiorirà il commercio, e tutte le forze dello stato si rivolgeranno a reprimere i ribelli. Costoro capitanati da D. Rodrigo di Leganez e dal Conte di Melgar ex-ammiraglio di Castiglia, han sommossa tutta l'Estremadura: vi vuole un riparo pronto e decisivo perchè la scintilla non produca un incendio.

Filippo Ho già spedito le truppe comandate da Berwik.

Del Giudice È mio avviso che vi voglia qualche cosa di terribile ad atterrire costoro che sfidano l'ira del re. D. Carlo di Leganez attentò ai sacri giorni della Maestà Vostra, è condannato dal tribunale: ecco la sua sentenza, segnatela, o sire, e la sua morte sia d'esempio ai nemici vostri. (*la consegna*)

Filippo E credete che basti ciò?

Alberoni No, sire, non basta. Il trattato di pace che le potenze europeo hanno disteso ad Utrecht, ancora non ottenne la firma della Maestà Vostra, ponete adunque il vostro augusto nome sotto quella scritta, e la pace generale toglierà ogni speranza ai vostri nemici; essi verranno a deporre la spada loro appiè del vostro trono implorando perdono.

Filippo Segnare la pace d'Utrecht? Ma sapete voi che con questa pace finisce ogni splendore della Spagna?

Alberoni (*insinuante*) E poi il re converrebbe ritirasse la donazione della Contea di Limbourg fatta alla Principessa Orsini, perchè col trattato d'Utrecht, quella Contea non sarebbe più nel circolo dei suoi dominii.

Del Giudice E che? la pace della Spagna dovrà porsi in bilancia cogl'interessi della Orsini? Io già profetizzo che questa donna non risorgerà dal malore col quale Iddio l'ha colpita, e se pure risorgesse, Elisabetta Farnese non può porre il piede nella reggia di Spagna finchè non sia sgombra dall'Orsini.

Filippo Elisabetta, voi e tutti piegherete la fronte al mio volere: non vi ha che una volontà nella Spagna, la mia!

Alberoni Sire, pure voi faceste promessa alla Farnese che il giorno del suo ingresso a Madrid le avreste concesso una grazia, qualunque ella fosse...

Filippo Ebbene?

Alberoni E se ella, a mo' d'esempio, vi chiedesse l'esilio della Principessa?

Filippo (*sgomentato*) Il suo esilio?

SCENA QUINTA

Maggiordomo e detti.

Maggiordomo (*reca una lettera al re, quindi parte*)

Filippo Una lettera di Luigi XIV!

Roquillo (*piano a Del-Giudice*) Vostra Eccellenza sa dunque che la grazia che chiederà la nuova regina?...

Del Giudice (*piano a Roquillo*) Sarà l'esilio della Orsini: tutto è concertato. (*si ritira in fondo e ragiona con Roquillo*)

Filippo (*scorre le prime frasi, quindi accenta chiaramente*) «Segnate la pace d'Utrecht, o nessun soccorso. Richiamerò Bervik e le truppe francesi che comanda; poi farò la pace in particolare coll'Olanda e coll'Imperatore; io lascerò la Spagna in guerra con queste due potenze e non m'impaccerò più nei vostri affari; perchè io non voglio per gl'interessi particolari della Principessa Orsini differire di assicurare il riposo de' miei popoli, e farli facilmente cadere in nuove sventure.» (*resta afflitto e pensieroso*)

Alberoni (Il colpo che provocai è arrivato: madama di Maintenon non avrebbe permesso che la sua cara amica, la Principessa Orsini fosse divenuta regina.)

Filippo Signori, questa mattina dai ministri e dal consiglio si discuterà se convenga alla Spagna accettare la pace d'Utrecht.

Del Giudice (*a Roquillo*) Le mie parole lo hanno scosso.

Roquillo (*a Del-Giudice*) La vittoria è nostra.

Alberoni (Povero re, come sei debole!)

SCENA SESTA

*Maggiordomo e detti, quindi la Principessa
Anna-Maria.*

Maggiordomo Sua altezza la Principessa Orsini. (*parte*)

Alberoni Del Giudice Roquillo Oh!

Filippo (andandole incontro con contegno) Principessa...

Anna. Sire, benchè il vigore della salute non sia ancora tornato nelle mie membra; benchè vacilli il mio piede, e la parola esca a fatica dalle mie labbra, sire, io più della vita apprezzo l'onore della Spagna, ed appreso come si trami alla grandezza di questa mia patria adottiva, corsi a voi per supplicarvi a non distruggere con un tratto di penna quanto lunghi anni di studii aveva preparato, quanto avea predisposto tanto sangue spagnolo sparso sui campi di battaglia. Sire, se io non ho perduto il diritto di esporre adesso come sempre il mio pensiero alla Maestà Vostra libero e sincero, la giustizia della causa darà nuovo vigore all'affievolito mio petto, e renderà ferma e sicura la voce mia.

Filippo I vostri consigli furono sempre bene accetti: rimanete, o signori. Principessa, noi vi ascoltiamo.

Del Giudice (a Roquillo) Costei ha patteggiato coll'inferno.

Alberoni (Io temo!)

Anna. Sire, quando mai la Spagna vide d'innanzi a sè avvenire più bello e più grandioso di quello che noi veggiamo? La nostra penisola è finalmente sgombra da' suoi nemici; su Barcellona e per le montagne di Catalogna risplendono al sole le armi di Filippo V, gli arabi corridori non calpestano più il fecondo terreno dell'Andalusia, nè sotto le ombre della palma e dell'arancio il soldato africano si disseta colle onde cariche d'oro e di argento del Darro e dello Xenil: Re di Spagna pel testamento di Carlo II, ed erede del trono di Francia, voi diverrete signore di tutto il mezzogiorno dell'Europa; voi avete le Indie nell'Asia, il Perù ed il Messico nell'America, voi infine potrete dire come il vostro predecessore Carlo V, che nel vostro regno non tramonta mai il sole. Ebbene, sire, in mezzo a tanta grandezza di lieto avvenire, vi si osa imporre il più oltraggioso dei trattati? Voi senza trar lama dal fodero dovete spogliarvi della Sicilia, della Sardegna, di Napoli e delle Fiandre? Voi cederete agl'inglesi Minorca e Gibilterra? Voi assentirete che mercanteggiando costoro colla carne umana portino in America ogni anno, per tre secoli, quattromilaottocento negri strappati alle proprie famiglie ed al loro clima di fuoco? Voi infine rinunzierete ai diritti sulla corona di Francia, alla corona che posò sul capo degli avi vostri? E tutto ciò mentre una giovine e vigorosa armata brilla nelle armi sotto il cielo di Spagna; mentre mille vascelli da guerra solcano i mari che voi dominate? Sire, e sono uomini quelli che vi consigliano a ciò? Gittino allora i nobili di Castiglia le inutili armature, se sotto ad esse non batte un cuore; spezzino le spade loro se non ardiscono insanguinarle. S'ingigantisce agli occhi vostri, lo so, i tentativi che il Conte di Melgar ed il Marchese di Leganez van facendo nell'Estremadura, e fingendo spavento per questa larva vi si consiglia aderire al trattato d'Utrecht e di dar morte a D. Carlo di Leganez. Ma ascoltate la mia voce, o sire, è forse l'ultima volta, chè il dolore mi fa sentire vicina la fine mia, non accettate questo trattato, che segnerebbe

51

nella storia della Spagna una pagina di vergogna, e risparmiate la vita di un nobile castigliano che macchierebbe di sangue le mani vostre pure e paterne; ma gittate un grido di guerra, dite che vi si vuole imporre il disonore della nazione, ed il Conte di Melgar, ed il Marchese di Leganez, e quanti altri con loro vi si dicono nemici, correranno a drappelli sotto il vostro vessillo implorando di morire per la Spagna e per Filippo.

Filippo (*dopo una pausa*) Principessa, il parer vostro è pure quello di Filippo; ma il re prima di decidere vuole ascoltare il consiglio.

Del Giudice Sire, ascoltate la voce del consiglio che vi parlerà a nome della Spagna, più che la voce di gente straniera che forse parla mossa da privata avidità.

Anna. Avida io? E dove sono i palazzi che ho eretto? Quali le terre che io ho comperato? Io gittai senza esitare i brillanti della mia famiglia ed il prezzo del mio Ducato nella cassa dello Stato, e voi tutti lo sapete, chè tutti ne raccoglieste qualche parte. È per la corona di Limbourg che voi parlate forse? Questo premio a' miei lunghi servigi, se fa danno alla Spagna, io la gitto sulla banca dello Stato come gittai le mie gemme ed il mio oro; ora gittate così voi i vostri titoli e le vostre larghe pensioni se ne avete il coraggio. Sire, perdonate se tanto osai dire alla vostra presenza; ma se avessi taciuto, avrei accettate le calunnie de' miei detrattori.

Filippo (*alzandosi*) Signori, l'udienza è sciolta.

Del Giudice E la Maestà Vostra non firmerà la sentenza di morte di D. Carlo di Leganez?

Filippo (*prende la sentenza e la va scorrendo*) Nessuna discolpa pronunciò in sua difesa?

Del Giudice Nessuna.

Filippo S'egli non ha discolpe da produrre, io non cambierò punto la sentenza del tribunale.

Anna. Sire...

SCENA SETTIMA

Maggiordomo e detti quindi il Duca di Popoli.

Maggiordomo Sua Eccellenza il generale di Popoli.

Filippo Entri. Fra poco saprete la mia risoluzione.

Alberoni Roquillo (*vanno al di là della scena*)

Del Giudice In nome del cielo, sire, non fate grazia a colui! (*segue gli altri*)

Anna. In nome del cielo chiedete sangue? Lo chiedeste almeno in nome dell'inferno! (*segue gli altri*)

Popoli (*è venuto avanti afflitto ed a capo chino*)

Filippo (*a Popoli*) Ebbene?

Popoli Sire, D. Carlo di Leganez nulla può addurre in sua discolpa.

Filippo Voi vedete che io ho fatto quello che poteva.

Popoli Sire...

Filippo Il Principe di Barcellona può ottener tutto da Filippo V; ma, egli non può e non deve chiedere questa grazia. (*lo congeda con benevolenza, quindi chiama Alberoni*)

Popoli (*al di là della scena è fermato dalla Orsini colla quale scambia alcune parole, quindi parte*)

Filippo (*firma la sentenza, e la consegna ad Alberoni*)

Alberoni (*va al di là della scena, e mostra la sentenza firmata a Del-Giudice e Roquillo*)

Del Giudice (*soddisfatto*) Ah! (*parte seguito dal Alberoni e da Roquillo*)

Anna. (*venendo avanti*) Voi firmaste la sua sentenza?

Filippo Si chiede un esempio, io ho data la mia parola, non posso retrocedere pur volendo. (*per partire*)

Anna. Ascoltatemi sire! No, voi non permetterete la morte di D. Carlo.

Filippo E perchè?

Anna. Io vi chieggo grazia per lui... per un innocente.

Filippo Innocente?

Anna. Ebbene sire, un vano timore non riterrà le mie parole: s'egli ebbe il coraggio di tacere, avrò io quello di dirvi il vero. D. Carlo in quella notte funesta non andava in cerca di voi.

Filippo No?

Anna. No! Egli cercava...

Filippo Di chi?

Anna. Di una donna che amava, che aveva il diritto di seguire, poichè quella donna...

Filippo Quella donna?

Anna. (*con sforzo*) Lo riamava e gli avea concesso la sua mano. Filippo, egli non può morire, voi lo salverete, poichè non è un reo, ma è un amante. (*s'inginocchia*)

Filippo Un amante? Se ciò fosse egli avrebbe parlato.

Anna. Il rispetto lo ritiene.

Filippo Rispetto per chi? Egli dovea smascherare la ipocrita che usurpa un rispetto non meritato. Per mia fede! egli avrebbe venduto a vil prezzo la vita.

Anna. Dio mio, perchè non mi hai spenta prima di questo giorno? Sire, dopo le vostre oltraggiose parole, io rifiuto i vostri doni. Io uscirò povera di tutto dalla vostra corte ove entrai ricca d'oro, di gemme e di onore. Sire, ma prima che io parta da voi conviene vi rammenti quanto io feci in questa reggia, poichè voi lo scordaste. Quando io vi giunsi, voi non eravate re che di nome; col temuto scettro scherzavano i grandi ed i ministri; il popolo non vi amava ed arditamente minacciava: fu questa debole mano di donna che ridusse alla obbedienza i nemici vostri; ed io ne raccolsi l'odio loro, e voi il potere. Qui trovai rozzi i costumi, barbara l'amministrazione, inette le leggi; e fu pure questa mia mente di donna che rinnovò costumi, amministrazione e leggi; ed io n'ebbi la fatica, e voi la gloria. Ancora una parola! Vi ho seguito due volte nell'esilio; ho sostenuto con mano ferma la corona sul vostro capo; scoprii le mene di Medina Coeli che voleva precipitare il vostro trono, e vi diedi in mano i Leganez che volevano la vostra vita. Qual ricompensa ebbi di tutto ciò? Non pago del mio devoto affetto alla casa vostra, non rispettaste il mio cuore di donna... Ed ora mi svillaneggiaste... gittandomi in faccia l'obbrobrio... Ah è troppo, sire, è troppo! (*esaurite le forze dice con voce che si va spegnendo*) Anch'io ho alla mia volta detto il vero, vi offesi... fate che mi si apra un carcere, ed io non esito, io sono pronta a scendervi. (*si è fin qui retta in piedi con stento appoggiandosi ai mobili, ma ora perduto ogni potere di reggersi cade sopra una, seggiola prorompendo in un pianto convulso*)

Filippo (*accorrendo a lei*) Maria...

Anna. (*interrotta dai singhiozzi dice a stento*) Perdono... perdono sire... ma voi foste inesorabile con me.

Filippo La vita di D. Carlo che voi mi chiedete non posso accordarla a voi, egli è sempre reo. Ma io ho promesso una grazia, qualunque essa sia, alla regina di Spagna; gittatevi a' piedi di lei, implorate da essa i giorni di Leganez, ed egli per voi sarà salvo.

Anna. Salvo... e per me! (*va con effusione di cuore per baciar la mano a Filippo*)

Filippo (*non lo permette, e preso da un sentimento di tenerezza per lei è per abbracciarla, quindi si vince, la respinge e parte*)

Anna. (*non potendo dominare il singhiozzo del pianto*) Oh, ma questo è pianto di gioia!... Frenati cuor mio... che io non muoia adesso che spero... (*con fervore volgendo gli occhi al cielo*) Io spero!

FINE DELL'ATTO QUARTO.

ATTO QUINTO

La scena è una sala nelle prigioni. Nel fondo a sinistra un arco d'onde si vede un'altra sala alla quale si ascende per alcuni gradini, e serve d'ingresso; nel fondo a destra altr'arco, l'apertura del quale è chiusa da una porta che si suppone dia in una corte. Di fianco a dritta la porta che conduce nelle prigioni, a sinistra una fenestra con inferriata.

SCENA PRIMA

D. Roquillo in scena, entrano nel fondo D. Alvarez e la Duchessa d'Avrè ed un Paggio, quindi il Principe Del-Giudice.

Duchessa (*al Paggio*) Attendetemi all'ingresso.

Paggio (*parte*)

Duchessa (*nel mentre che dalla porta a sinistra va a quella di destra*) Nulla ancora di nuovo?

Alvarez Nulla.

Duchessa Posso vederlo?

Alvarez Per poco e per l'ultima volta.

Duchessa (*sospira ed entra a destra*)

Roquillo Chi era quella donna?

Alvarez La Duchessa d'Avrè che ha il permesso del ministro di visitare D. Carlo di Leganez.

Roquillo Voi qui Eccellenza? Già di ritorno?

Del Giudice Di poco precedo in Madrid il re e la regina. (*apre la fenestra*) Guardate a traverso delle sbarre laggiù nella campagna vedete luccicare al sole le armi e l'oro del corteggio reale? Fra un'ora al più saranno alla porta della città. Io appena giunto appresi che D. Carlo di Leganez era ancora in vita; dimandai di voi, e seppi che qui eravate. Perchè dunque vive ancora Leganez?

Roquillo A seconda degli ultimi ordini ricevuti l'esecuzione deve aver luogo questa mattina.

Del Giudice Il giorno che torna il re turbar la festa?...

Roquillo Fu provveduto a tutto: i gridi di gioia non verranno turbati dal gemito della morte. Tutto sarà compiuto in questo castello. Là in quella corte è disposto il lugubre apparato. (*accenna a destra schiudendo alquanto la porta*) Niuno saprà il giorno in cui D. Carlo cessò di vivere. Pure si diceva... si credeva che il re avrebbe fatto grazia a D. Carlo, come ha perdonato il Conte d'Aguilar.

Del Giudice Presidente... voi dunque non conoscete questi Leganez? D. Rodrigo non volle mai prestare giuramento al re, e fu la soverchia indulgenza sua che lo tollerò nella corte; D. Carlo... ma voi sapete al pari di me chi sia D. Carlo! Conviene schiacciare questa razza di serpi, poichè un giorno quando... Ora Alberoni è in gran favore; ma egli dovrà presto cedere il posto...

Roquillo (*accenna a Del-Giudice*) A persona più degna.

Del Giudice Uno alla volta! Intanto il re è già tutto acceso d'amore per la sua giovine sposa, e la maliarda che dominò la Spagna dovrà uscirne umiliata.

Roquillo Ma ella ha rinunziato alla Contea di Limbourgh?

Del Giudice La pace d'Utrecht ha resa impossibile quella stolta donazione. D. Roquillo, fra un'ora tornerò io stesso per assicurarmi che la condanna ebbe il suo effetto; quindi andremo assieme a presentarsi alla nuova regina. (*parte dal fondo*)

Roquillo Egli è un fanatico senza cuore! L'odio deve arrestarsi davanti ad una tomba che si schiude: io non farò più del dover mio.

SCENA SECONDA

Alvarez quindi la Principessa Anna-Maria e detti.

Alvarez Presidente, la Principessa Orsini chiede...

Roquillo Ella!...

Anna. (*uscendo ansante e levandosi il velo dalla testa, dice ad Alvarez che incontra nell'altra sala sui gradini*) Giungo in tempo per rivederlo, non è vero? Dio ti ringrazio! (*viene avanti*)

Roquillo Voi recate la sua grazia?

Anna. La sua grazia?

Roquillo Non vedeste voi la regina a Quadraquè?

Anna. La regina rifiutò di vedermi. Ella, che io fo regina! In altro momento questa sarebbe stata ferita mortale al mio orgoglio; ma ora non ho che un pensiero: salvarlo, sia poi di me quel che vuole il destino.

Roquillo Salvarlo? .. E come?...

Anna. Io scrissi alla regina, mi umiliai a pregare; il re mi fece sperare, ed Alberoni... anche lui ho pregato! Io pregar lui! Ed egli, il ministro, mi promise di portare qui colle sue mani la grazia di D. Carlo.

Roquillo Ma quando?

Anna. Oggi: egli segue la regina.

Roquillo Egli non giungerà in tempo.

Anna. Come?

Roquillo Ma non sapete dunque che fra poco Don Carlo sarà spento?

Anna. Fra poco? Ma non fu sospesa l'esecuzione della condanna?

Roquillo Fino al mezzogiorno di questa mattina.

Anna. È impossibile quel che voi dite! Alberoni mi promise...

Roquillo Voi foste ingannata! Egli là (*accenna verso la corte*) fra poco finirà la sua vita.

Anna. No, attendete, sospendete, finchè giunga il re almeno, finchè l'abbia veduto: due ore vi chieggo... un'ora, un'ora sola!

Roquillo Ascoltate: il re fra poco tornerà in Madrid, io gli vado incontro; deve passare qui dinanzi, gittatevi a' suoi piedi, io sarò lì...

Anna. Ebbene?...

Roquillo Principessa, avvenga quel che vuole il cielo di me, io fino a quell'ora sospenderò la morte di D. Carlo. (*chiama*) D. Alvarez. (*dice una parola piano ad Alvarez, Alvarez entra a destra*)

Anna. Che il cielo vi compensi della pietà vostra!

Roquillo (*saluta e si avvia*)

Anna. Ancora una parola!... Posso io vederlo?

Roquillo Principessa, io non posso accordarvi questo permesso. (*parte*)

Anna. Non rivederlo! (*vedendo la Duchessa che entra dalla destra*) Amelia!

SCENA TERZA

La Duchessa d'Avrè e detta.

Duchessa Maria!

Anna. Duchessa (*si abbracciano prorompendo in lacrime*)

Anna. (*dopo una pausa*) Tu lo vedesti?

Duchessa Io ho mantenuto quanto vi promisi.

Anna. Spera egli?

Duchessa In Dio soltanto.

Anna. E che disse?

Duchessa Che la sua vita fu un incantevole sogno di amore; spezzato questo sogno nulla più cura del mondo, e la morte scende desiderata su lui.

Anna. La morte! nel più bello de' suoi anni quando son pochi giorni, poche ore quasi, noi parlavamo di un incantevole avvenire, di ricominciar la nostra vita! (*ripetendo le parole di Carlo*) Maria, con voi dovunque; in povero stato o sul trono, la mia vita è vostra, io non vi chieggo che amore... Io le sento ancora queste care parole, io sento la sua voce, io sento ancora le sue mani che stringono le mie... Ed ora... la tomba!

Duchessa Coraggio, povera amica!

Anna. Ed il re non giunge ancora? (*va alla finestra*)

Duchessa Calmatevi!

Anna. E che altro ti disse? Oh dimmi Amelia, dimmi tutto, sai! Ogni sua parola, ogni suo pensiero.

Duchessa Egli sa da me quanto faceste per lui.

Anna. E mi perdona la sua morte?

Duchessa Vi perdona e vi ama ancora.

Anna. Mi ama!

Duchessa Egli conserva gelosamente una vostra memoria... un lino.

Anna. Lo conserva!

Duchessa E mi disse che dal giorno che l'ebbe posò sempre sul suo cuore, e che vi starà fino all'ultimo dei suoi palpiti. Quando voi riavrete a nome suo quel lino, allora egli non avrà più vita.

Anna. Dono funesto e sacro che scenderà con me nel sepolcro. E di me non chiese? Non desiderò rivedermi?

Duchessa Egli sì, sperava rivedervi...

Anna. E mi è interdetto consolare gli ultimi suoi istanti! Appagare l'ultimo suo desiderio! (*appressandosi smaniosa verso la porta a destra*) Carlo, Carlo, e non potrò dunque darti l'estremo addio della morte? (*colpita da qualche cosa che sente verso la porta della corte vi si appressa e si pone in ascolto*) Ah... odi... un sommesso sussurrar di preci?... Ma qui dunque mi s'inganna da tutti!... Essi lo traggono a morte. Ecco... ecco il passo misurato dei soldati che si avvicinano... Qualcuno piange... Una voce... è la sua!... Egli parla... Zitti!... È una preghiera... Voglio vederlo!...

Duchessa (*opponendosi*) Per pietà di voi stessa, fermatevi.

Anna. No. (*è per entrare nella corte*)

Duchessa Ah, udite? sulla strada... delle grida... uno strepito di cavalli (*alla finestra*) È il re che giunge a Madrid.

Anna. Il re? È la sua grazia!... (*si sostiene alla Duchessa e movendo qualche passo grida verso la porta di fondo a dritta*) Sospendete!... Sospen.... (*mancando la voce per gridare e la forza per andare da sè prende la Duchessa e la spinge verso la porta di dritta accennandole col gesto che s'affretti e mormora ancora con voce quasi spenta piegando le mani in atto di preghiera*)

Sospendete!

Duchessa (entra nella porta a dritta del fondo)

SCENA QUARTA

*Alberoni, il Principe Del-Giudice, il Conte d'Aguilar, D. Roquillo, Amezaga, alcuni Gentiluomini
che restano nel fondo di là dell'arco e detti.*

Roquillo (entra a destra infondo dando segni di dolore).

Anna. (cercando ricomporsi) Dov'è la regina? io corro a baciar le sue mani, a baciare i suoi piedi...

Alberoni Un momento! Principessa mi spiace il dirvelo, ma la regina Elisabetta non può vedervi.

Anna. Come?... io?...

Alberoni (risoluto) Non vuol vedervi! Il cuore me ne piange, credetelo; ma questo foglio firmato
dall'augusta sua mano...

Anna. Non è la grazia di D. Carlo?

Alberoni Questo è...

Anna. Parlate, in nome di Dio!

Alberoni (dandogli il foglio) È il vostro esilio.

Anna. L'esilio! (*resta attonita*)

Alberoni Oggi stesso dovete partire. Il Tenente Amezaga avrà l'onore di accompagnarvi fino al
confine della Spagna.

Anna. (macchinalmente dà un'occhiata al foglio dicendo) In esilio?... io?... (*lascia cadersi il foglio
dalle mani, quindi con subitaneo pensiero guardando la porta a destra esclama con spavento*) E
Carlo?

SCENA ULTIMA

La Duchessa d'Avrè, D. Roquillo ed Alvarez.

Duchessa (esce dal fondo a destra cogli occhi volti al suolo)

Anna. (vedendo la Duchessa le balena nel pensiero che Carlo sia morto) Dio!... Amelia?... Sarebbe
possibile?... parla?...

Duchessa (piangendo le porge il fazzoletto raccolto da Carlo nell'atto primo) Questo è il vostro fazzoletto.

Anna. (*nel vedere il fazzoletto*) Ah! (*lo prende e lo bacia con effusione di cuore, e quindi prorompendo in un dirottissimo pianto si gitta nelle braccia della Duchessa, Amezaga le appressa una sedia sulla quale si abbandona*)

Duchessa (*dopo una lunga pausa*) Fuggite, Principessa, da questo luogo funesto. Richiamate il vostro coraggio virile.

Anna. E dove io l'attingerò più il mio coraggio? È morto il mio amore!... e con lui è tutto finito per me. Egli è morto, e tutto il potere umano non può ridestar la fiamma vitale in quel corpo che è spento.

Duchessa Principessa, oh non date ai vostri nemici la gioia di questo dolore e di questo pianto!

Anna. (*volgendosi, come più non ricordasse la presenza di tutti gli altri*) I miei nemici?... Sì!... sì sono essi che vollero la morte di D. Carlo, e l'esilio mio. Essi hanno ordito con lunga arte di menzogne e d'intrighi la rete infernale nella quale oggi mi hanno avviluppata. Eppure costoro che qui tu vedi superbi e ricchi di titoli e di terre, costoro strisciarono come serpi velenosi fra i miei piedi per raccogliere gli onori e l'oro che io, disprezzandoli sempre, gittava su loro: tremavano del mio sdegno, ridevano al mio sorriso; io li trassi dal fango... (*si alza volgendosi a loro con impeto subitaneo quasi sfidandoli*) e dite che io mento, dite se lo potete! (*qualcuno si muove per uscire*) Rimanete, signori! Voi veniste qui tutti uniti per vedere piegarsi questa mia fronte, eppure nessuno osa guardarmi come io vi guardo! Il mio sguardo vi atterrisce come la folgore, perchè sapete che io qui (*accenna la fronte*) tengo raccolto il deposito di tutte le vostre ignominie, e temete che io vi smascheri l'uno in faccia dell'altro.

Del Giudice Ella smarrisce la ragione...

Aguilar Il dolore la rende folle.

Anna. Io non perdo la ragione, no! e tutti vi riconosco (*passando davanti a loro con passo franco e sicuro*) Conte D'Aguilar, siete voi che volevate dare un'amante a Filippo per acquistarne il favore; Del-Giudice, voi per mire private vendeste col trattato d'Utrecht la patria vostra: a questo cadavere di Spagna io aveva dato vita, e voi la respingeste sul suo letto di morte. E tu... tu Alberoni m'ingannasti bassamente: volesti il mio posto, ma non eviterai la mia fine. Forse un giorno esule e povero verrai a chiedere un pane appiè del mio palazzo. (*volgendosi anche agli altri*) Io tutto mi ricordo, e tutti vi riconosco. Voi siete umiliati nella vostra vittoria, ed io trionfo nella mia sconfitta. Ora andate!... e dite a Filippo, se ne avete il cuore, che oggi alfine la Principessa Orsini apprese quale sia la gratitudine dei re. Tenente Amezaga, sono con voi.

Duchessa (*aprendo le braccia*) Maria!...

Anna. (*abbracciandola commossa*) Amelia, dolce amica, te sola richiamerò di questa superba Spagna. (*si baciano affettuosamente, quindi commosse ed abbracciate s'incamminano. Passando dinanzi alla porta di dritta nel fondo, Maria s'intenerisce e cade in ginocchio, e fa una breve preghiera; quindi volendo rialzarsi, cade. Ella si trova incontro al gruppo degli uomini che si sono riuniti a sinistra e la osservano (Roquillo a destra, Amezaga si è appressato all'uscita). Nel vederla cadere Alberoni, Del-Giudice, Aguilar fanno un passo verso lei come volessero aiutarla ad alzarsi. Il suo volto si riaccende di sdegno, e gli arresta colla fierezza del me sguardo. Pian piano si alza sempre guardandoli nello stesso modo, finchè giunta alla porta manda un addio alla Duchessa e parte. Amezaga la segue; la Duchessa rimane a destra e si copre gli occhi colle mani. Tutti gli altri*

61

FINE DEL DRAMMA.